WOLFGANG HOHLBEINS

Das Blut der TEMPLER

ADAPTION:
MICHAEL VOGT

ZEICHNUNGEN:
SIMON ECKERT

TUSCHE: REGINA

FARBE: ALEXANDER RAPHELT
FARBASSISTENZ: STELLA MARTIN & MISCHKA SCHÖNBERG

EIN COMIC NACH DEM ROMAN VON WOLFGANG HOHLBEIN
BASIEREND AUF DER GLEICHNAMIGEN RAT PACK-FILMPRODUKTION VON FLORIAN BAXMEYER
UND DEM DREHBUCH VON STEFAN BARTH UND KAI-UWE HASENHEIT.
NACH EINER IDEE VON KAI-UWE HASENHEIT UND CHRISTIAN ZÜBERT.

ehapa COMIC COLLECTION EGMONT

Wolfgang Hohlbeins
Das Blut der Templer

Ein Comic nach dem Roman von Wolfgang Hohlbein
basierend auf dem Drehbuch von Stefan Barth & Kai-Uwe Hasenheit,
nach einer Idee von Kai-Uwe Hasenheit & Christian Zübert
und der Rat Pack-/ GFP-/ ProSieben-Produktion „Das Blut der Templer" von Florian Baxmeyer

Adaption: Michael Vogt
Zeichnungen: Simon Eckert
Tusche: Regina
Kolorierung: Alexander Raphelt

erscheint in der
Ehapa Comic Collection
verlegt durch EGMONT Verlagsgesellschaften mbH
Gertrudenstraße 30–36, 50667 Köln

1. Auflage 2007
Verantwortlicher Redakteur: Wolf Stegmaier
Grafik: Sibylle Juraschek
Lettering: Michael Vogt
Umschlaggestaltung: Michael Vogt
Koordination: Nadin Kreisel
Buchherstellung: Sarah Fritsche
Druck und Verarbeitung: freiburger graphische betriebe, Freiburg
ISBN 978-3-7704-3113-7

www.ehapa-comic-collection.de
www.inkstudio.de

PÜNG
PIUU
PIUU

TSCHANG
OH NEIN! ICH HABE VER- SCHLAFEN!

NICHT SCHON WIEDER!
Haus III
OH ... ÄH ... QUENTIN ...
SORRY ...
NUN ZU DER ÜBERSETZUNG DIESER PASSAGE AUS „DE BELLO GALLICO" ...
HERR ALARY ... ENTSCHULDIGUNG ... ICH HABE VER-SCHLAFEN ...
ACH, SCHÖN, DASS DU UNS AUCH NOCH BEEHRST, DAVID!
ICH HOFFE, DU BIST NICHT ZU VERSCHLA-FEN, UM UNS DEN TEXT ZU ÜBERS ...
RRRIINGG!!
NUN, DIE KLINGEL RETTET DICH VIELLEICHT VOR CÄSAR ...
ABER NICHT VOR GERECHTER STRAFE: DU FEGST HEUTE DEN HAUPTWEG!

HALLO, DAVID!
DU WEISST, DASS WIR HEUTE EINE PARTY MACHEN, ODER? KOMMST DU?
HI STELLA!
ICH HABE QUENTIN VERSPROCHEN, BEI EINER ÜBER-SETZUNG ZU HELFEN.
BALD IST ABITUR ...
VIELE PARTYS WIRDS NICHT MEHR GEBEN, WEISST DU?
NAJA, VIELLEICHT KANN ICH MICH FÜR 'NE STUNDE LOSEISEN.
ICH WÜRDE MICH FREUEN. BIS HEUTE ABEND DANN!
JA, BIS HEUTE ABEND!
HEY, KLOSTER-LUSCHE!
STELLA IST MEINE FREUNDIN!
OH, FRANK ...
LASS DIE FINGER VON IHR, DU FLACH-ZANGE!
SONST BRECHE ICH DIR JEDEN KNOCHEN EINZELN!

FRANK HAT RECHT – ICH BIN EINE LUSCHE. LÄCHERLICH UND FEIGE.
ICH WÜNSCHTE, ICH HÄTTE MEHR MUT …
… WÄRE EIN HELD …
UND WÜRDE UM STELLA KÄMPFEN.
ER SPÜRT, WER ER IST. UND ER WIRD BALD ANFANGEN, DIR MEHR FRAGEN ZU STELLEN, QUENTIN.
ES IST NOCH NICHT DIE RECHTE ZEIT, LASS IHN WENIGSTENS SEIN ABITUR MACHEN.
ES WIRD NIE EINE RECHTE ZEIT GEBEN, QUENTIN.
DIE ANDEREN WISSEN JA NICHT EINMAL, DASS DU IHN NICHT GETÖTET HAST!
DU HAST RECHT!
UND ICH KANN UND WILL ES IHNEN NICHT LÄNGER VERHEIMLICHEN!
… WENN ICH AUS LONDON ZURÜCK BIN, WIRD DAVID ERFAHREN, WER ER WIRKLICH IST!

HI! ENDLICH FERTIG MIT DER STRAFARBEIT?
ES BLEIBT DOCH DABEI, DU KOMMST HEUTE ABEND?
ÄHM, JA. KLAR!
WENN DU MAGST, KANNST DU MIR EIN WENIG BEI DEN VORBEREITUNGEN HELFEN.
MUSIK AUSSUCHEN, DEKORIEREN UND ...
... OH!
OH?
HEY, DU MADE!
ICH HAB' DIR GESAGT, DU SOLLST DEINE FINGER VON STELLA LASSEN!
ICH ...
LASS IHN IN RUHE, FRANK! ICH HABE IHN ANGE-SPROCHEN, NICHT ANDERSRUM!
HEY, FRANK, DEIN MÄDEL RISKIERT 'NE GANZ SCHÖN GROSSE KLAPPE!
HEHE!

DU BIST HIER NICHT ERWÜNSCHT, KLOSTERBUBI!
STELLA IST MEIN GEBIET, ICH SAG'S NICHT NOCH EINMAL!
ICH BIN NICHT DEIN EIGENTUM, FRANK!!
GEH' ZURÜCK ZU DEINEN PFAFFEN UND VERSTECK' DICH UNTER DEREN KUTTEN!
SONST LEBST DU BALD UNFREIWILLIG IM ZÖLIBAT!
FWAP!
ICH WILL KEINEN ÄRGER, FRANK!
DEN HAST DU BEREITS, FICHTE!
UND WER HAT DIR ERLAUBT, ZU GEHEN?
WIR SIND NOCH NICHT FERTIG, DU LUTSCHER!
FRANK, ES REICHT! LASS DAVID IN FRIEDEN!
HALTS MAUL, DU SCHLAMPE!
UM DICH KÜMMERE ICH MICH AUCH NOCH!
TONK!

STELLA!
WOOK
CRASH
KLIRCH
ICH BLUTE? WIESO FÜHLE ICH KEINEN SCHMERZ?

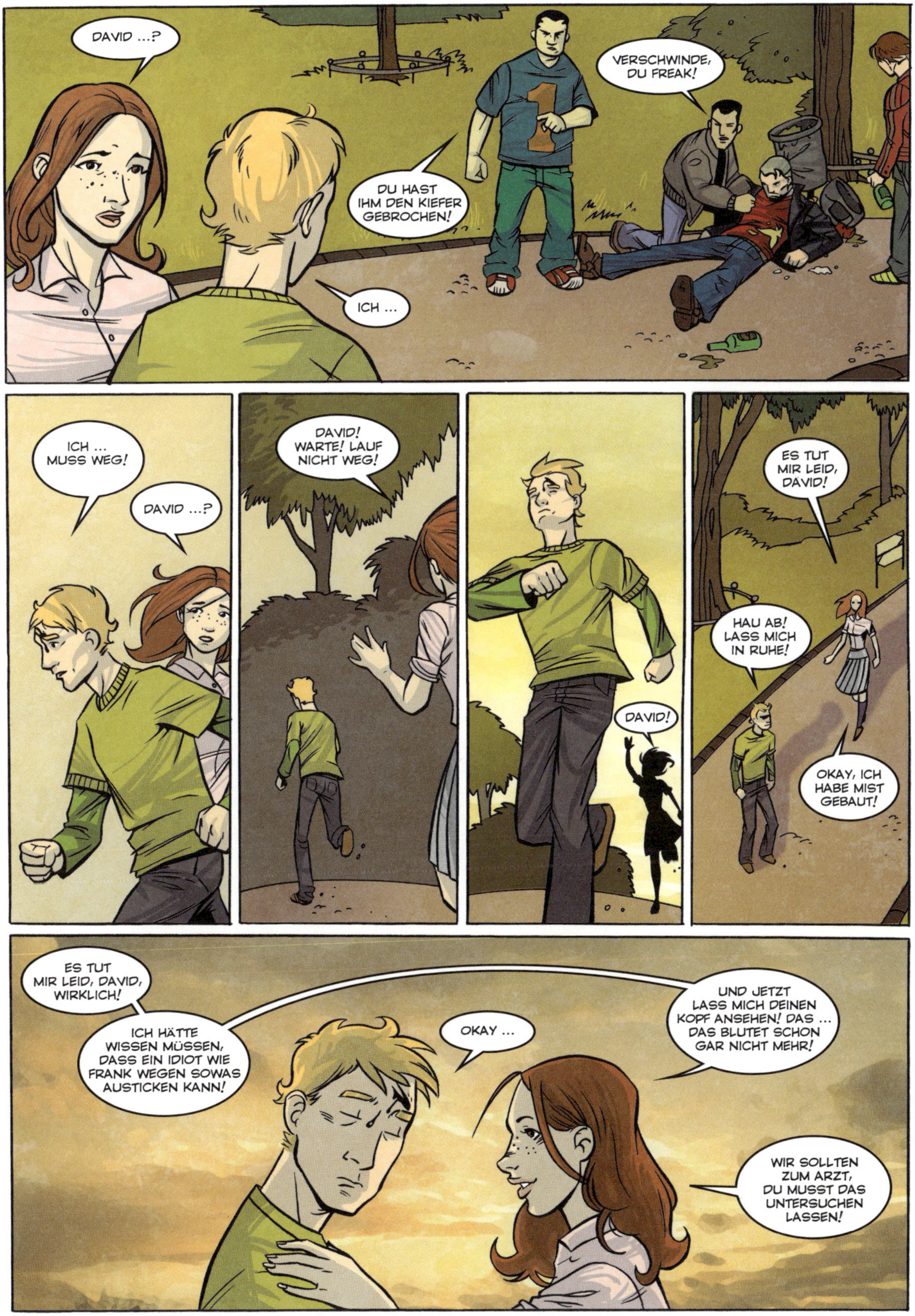
DAVID ...?
VERSCHWINDE, DU FREAK!
DU HAST IHM DEN KIEFER GEBROCHEN!
ICH ...
ICH ... MUSS WEG!
DAVID ...?
DAVID! WARTE! LAUF NICHT WEG!
DAVID!
ES TUT MIR LEID, DAVID!
HAU AB! LASS MICH IN RUHE!
OKAY, ICH HABE MIST GEBAUT!
ES TUT MIR LEID, DAVID, WIRKLICH!
ICH HÄTTE WISSEN MÜSSEN, DASS EIN IDIOT WIE FRANK WEGEN SOWAS AUSTICKEN KANN!
OKAY ...
UND JETZT LASS MICH DEINEN KOPF ANSEHEN! DAS ... DAS BLUTET SCHON GAR NICHT MEHR!
WIR SOLLTEN ZUM ARZT, DU MUSST DAS UNTERSUCHEN LASSEN!

TUT MIR LEID, DASS IHR WARTEN MUSSTET. ICH HATTE NOCH EINEN KIEFERBRUCH ZU BEHANDELN.
WIE GEHTS IHM? IST ER NOCH DA?
LIEGT NEBENAN, VOLLGEPUMPT MIT SCHMERZMITTELN.
DANN WOLLEN WIR MAL SCHAUEN!
DIE WUNDE IST SCHON FAST VERHEILT!
DAS IST DOCH MINDESTENS EIN, ZWEI TAGE ALT!
NEIN, DAS IST ERST VOR EINER STUNDE PASSIERT!
IM ERNST? NA, WIE AUCH IMMER. ICH WERDE DAS ERST EINMAL REINIGEN!
DAS IST NICHT NORMAL, ODER?
JETZT IST ES JEDENFALLS SAUBER. NOCH EIN PFLASTER DRAUF, DANN SIND WIR FERTIG!
OKAY, DU KANNST ABHAUEN!
DANKE, HERR DOKTOR!
WIEDERSEHEN!
JA ... WIEDERSEHEN ...

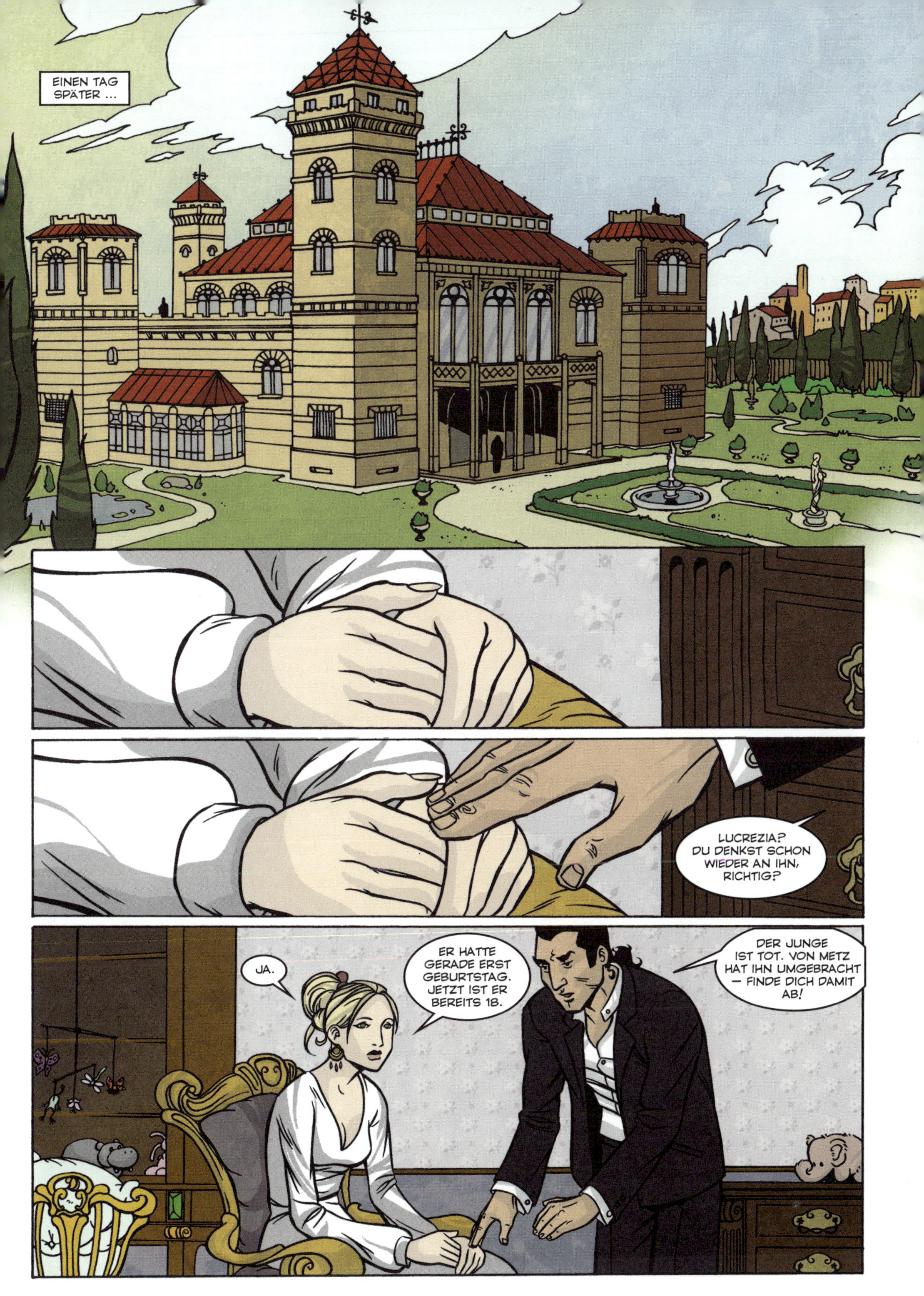
EINEN TAG SPÄTER ...
LUCREZIA? DU DENKST SCHON WIEDER AN IHN, RICHTIG?
JA.
ER HATTE GERADE ERST GEBURTSTAG. JETZT IST ER BEREITS 18.
DER JUNGE IST TOT. VON METZ HAT IHN UMGEBRACHT – FINDE DICH DAMIT AB!

IRGENDWANN MUSST DU LOSLASSEN, SCHWESTER!
AUSSERDEM IST DER MINISTER EBEN EINGETROFFEN.
UNTEN WARTEN ALLE AUF DICH!
DU HAST RECHT!
ICH SOLLTE SIE NICHT LÄNGER WARTEN LASSEN!
DAVID LEBT, ARES! ICH SPÜRE ES!
UND ICH WERDE IHN FINDEN!
HERRIN! WIR HABEN IHN! WIR HABEN DAVID!
DAS ANZAPFEN DER UNIVERSITÄTS-COMPUTER HAT SICH AUSGEZAHLT!
DIESE ANFRAGE KAM HEUTE NACHT VON EINEM ARZT IN EINER KLEINSTADT NAMENS MARIENFELD.
ER HAT EIN DNS-PROFIL GESENDET, DAS WIR MIT UNSEREN DATEN VERGLICHEN HABEN – ES IST DAVID!
ENDLICH!
BRINGT MIR MEINEN JUNGEN ZURÜCK!

EINE SCHLÄGEREI?
WIE KONNTE DAS PASSIEREN?
UND WAS IST MIT DIR? BIST DU VERLETZT?
FRANK! ER HAT ANGEFANGEN. ICH WOLLTE DAS JA GAR NICHT …
ICH HABE IHM WOHL ZIEMLICH WEHGETAN …
EINER VON FRANKS FREUNDEN HAT MIR EINE FLASCHE ÜBER DEN KOPF GEZOGEN
ABER DIE WUNDE WAR FAST VERHEILT, ALS WIR BEIM ARZT WAREN …
EIN ARZT?! HAT ER DIR BLUT ABGENOMMEN?
NEIN.
ER HAT SICH NUR SEHR GEWUNDERT.
EINE RIESENPLATZWUNDE, DIE INNERHALB EINER STUNDE HEILT!
DAS IST DOCH AUCH NICHT NORMAL, QUENTIN.
NUN, DU HATTEST SCHON IMMER EINE GUTE KONSTITUTION, DAVID.
ICH MUSS NOCH MAL SCHNELL INS BÜRO. ICH HABE ETWAS VERGESSEN …
METZ?
WIR HABEN WOMÖGLICH EIN PROBLEM …

IST DAS SCHÖN HIER! NUR EIN PAAR MINUTEN VOM INTERNAT ENTFERNT. EINE ANDERE WELT.
ICH QUATSCHE ZUVIEL, ODER?
ACH, EIGENTLICH MÖCHTE ICH SOWIESO GERNE ETWAS MEHR ÜBER DICH ERFAHREN.
WARUM ZUM BEISPIEL LEBST DU BEI QUENTIN?
ER IST DOCH NICHT DEIN VATER?
ÄH … NEIN! ICH WURDE ALS BABY VOR QUENTINS KLOSTER GEFUNDEN
ER HAT MICH GROSS GEZOGEN. MEINE ELTERN KENNE ICH NICHT, ICH WEISS NICHTS ÜBER SIE …
MIR GEHTS ÄHNLICH – NICHT, DASS MEINE ELTERN TOT SIND ODER SO … SIE ARBEITEN FÜR DAS RUSSISCHE INNENMINISTERIUM.
DIE ZIEHEN DURCH DIE GANZE WELT UND MICH SCHICKEN SIE HIER INS INTERNAT!
NUR ZU WEIHNACHTEN, DA SPIELEN WIR DANN „HEILE FAMILIE“!!
DARAUF HAB ICH NUN ECHT KEINEN BOCK MEHR!
JA, DAS KANN ICH VERSTEHEN.
SAG MAL, DU WILLST DOCH NICHT AUCH MÖNCH WERDEN, WIE QUENTIN?
NEIN! NEIN, RELIGION IST NUN WIRKLICH NICHT MEIN DING!

EIN GLÜCK! DU ALS MÖNCH – DAS WÄRE EINE ECHTE VERSCHWENDUNG!
HALT!!
DIE WÜRDE ICH NICHT ESSEN: DAS SIND TOLLKIRSCHEN! DIE SIND GIFTIG!
DANN HAST DU MIR GERADE DAS LEBEN GERETTET!
DANKE!
DAVID! HIER STECKST DU! TUT MIR LEID, WENN ICH UNGELEGEN KOMME. ICH BRAUCHE DRINGEND DEINE HILFE IN DER BIBLIOTHEK!
UND WAS IST, WENN ICH KEINE LUST HABE?
MUSS DAS DENN JETZT SEIN?
JA, ES MUSS JETZT SEIN!
WIR HABEN KEINE ZEIT FÜR DISKUSSIONEN! DU KOMMST AUF DER STELLE MIT!

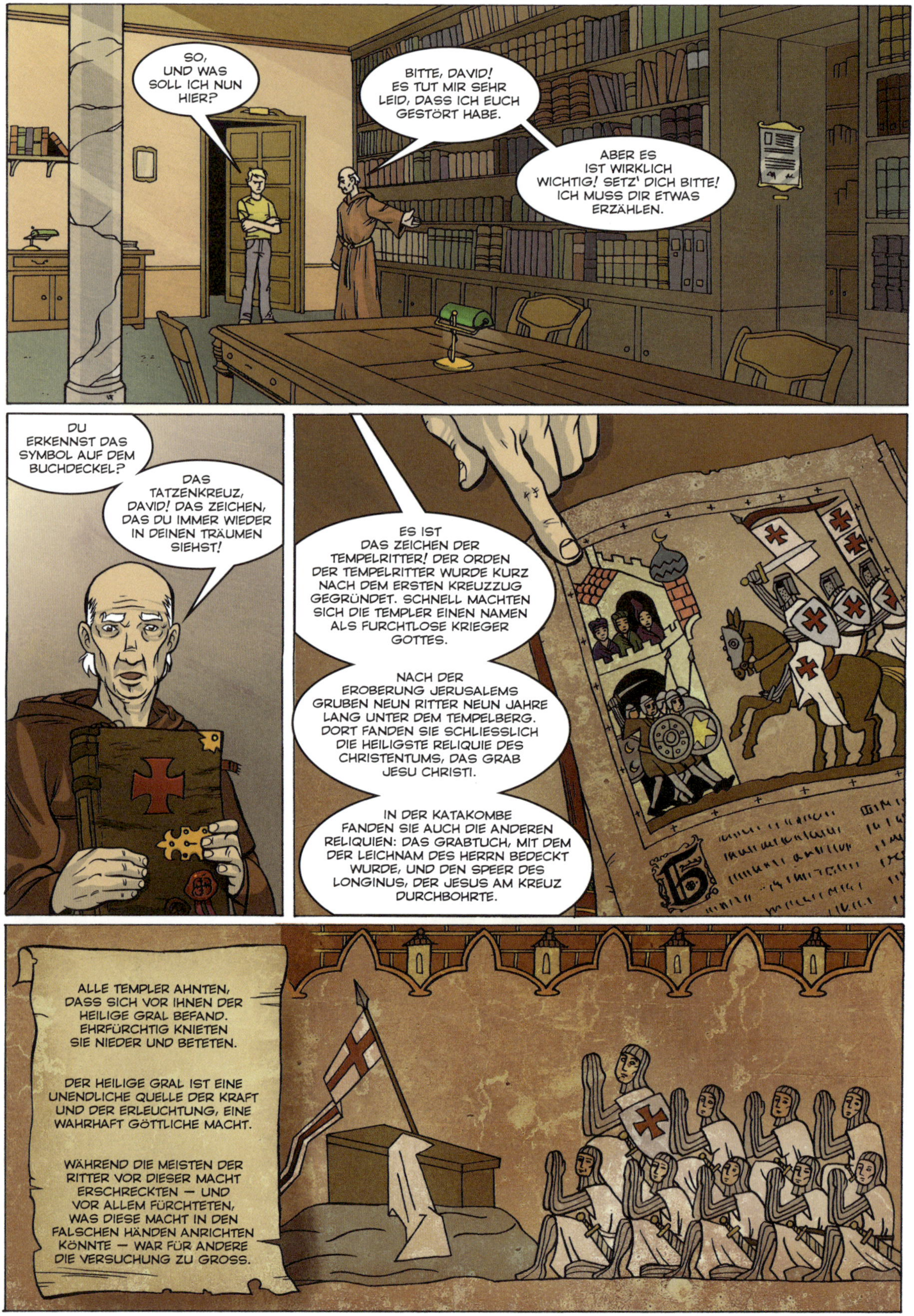
SO, UND WAS SOLL ICH NUN HIER?
BITTE, DAVID! ES TUT MIR SEHR LEID, DASS ICH EUCH GESTÖRT HABE.
ABER ES IST WIRKLICH WICHTIG! SETZ' DICH BITTE! ICH MUSS DIR ETWAS ERZÄHLEN.
DU ERKENNST DAS SYMBOL AUF DEM BUCHDECKEL?
DAS TATZENKREUZ, DAVID! DAS ZEICHEN, DAS DU IMMER WIEDER IN DEINEN TRÄUMEN SIEHST!
ES IST DAS ZEICHEN DER TEMPELRITTER! DER ORDEN DER TEMPELRITTER WURDE KURZ NACH DEM ERSTEN KREUZZUG GEGRÜNDET. SCHNELL MACHTEN SICH DIE TEMPLER EINEN NAMEN ALS FURCHTLOSE KRIEGER GOTTES.
NACH DER EROBERUNG JERUSALEMS GRUBEN NEUN RITTER NEUN JAHRE LANG UNTER DEM TEMPELBERG. DORT FANDEN SIE SCHLIESSLICH DIE HEILIGSTE RELIQUIE DES CHRISTENTUMS, DAS GRAB JESU CHRISTI.
IN DER KATAKOMBE FANDEN SIE AUCH DIE ANDEREN RELIQUIEN: DAS GRABTUCH, MIT DEM DER LEICHNAM DES HERRN BEDECKT WURDE, UND DEN SPEER DES LONGINUS, DER JESUS AM KREUZ DURCHBOHRTE.
ALLE TEMPLER AHNTEN, DASS SICH VOR IHNEN DER HEILIGE GRAL BEFAND. EHRFÜRCHTIG KNIETEN SIE NIEDER UND BETETEN.
DER HEILIGE GRAL IST EINE UNENDLICHE QUELLE DER KRAFT UND DER ERLEUCHTUNG, EINE WAHRHAFT GÖTTLICHE MACHT.
WÄHREND DIE MEISTEN DER RITTER VOR DIESER MACHT ERSCHRECKTEN – UND VOR ALLEM FÜRCHTETEN, WAS DIESE MACHT IN DEN FALSCHEN HÄNDEN ANRICHTEN KÖNNTE – WAR FÜR ANDERE DIE VERSUCHUNG ZU GROSS.

SCHLIESSLICH STAND EINER DER RITTER AUF, TRAT – ENTSCHLOSSEN, DIE MACHT DES GRALS ZU ERLANGEN – AN DEN SARG HERAN UND STRECKTE DIE HAND NACH DEM DECKEL AUS.
RENÉ VON ANJOU STELLTE SICH IHM ENTGEGEN UND SCHNELL BILDETEN SICH ZWEI GRUPPEN.
DREI RITTER ERGRIFFEN PARTEI FÜR DEN STÖRENFRIED, DIE RESTLICHEN VIER – DEREN GEDANKEN NOCH NICHT VON DER MACHT BERAUSCHT WAREN – UNTERSTÜTZTEN DEN RITTER VON ANJOU.
ES KAM ZUM KAMPF ZWISCHEN DEN ENTDECKERN DES GRABES. EIN FURCHTBARES GEFECHT UNTER BRÜDERN.
DIE VERRÄTER MUSSTEN SICH BALD GESCHLAGEN GEBEN. SIE FLOHEN, GABEN SICH KURZ DARAUF DEN NAMEN "PRIEURÉ DE SION" UND VERSUCHEN SEITDEM, IN DEN BESITZ DER RELIQUIEN UND DES GRABES ZU GELANGEN.
RENÉ VON ANJOU GELANG ES DAMALS, DAS HEILIGTUM ZU RETTEN, DOCH DER ORDEN – UND DAMIT DIE BLUTLINIE – WAR FÜR IMMER GESPALTEN.
WAS FÜR EINE „BLUTLINIE"?
ES GIBT EINE LEGENDE ... SIE BESAGT, DASS ... NUN, IN DEN ADERN DER TEMPLER FLIESST ANGEBLICH DAS *SANGREAL*, DAS HEILIGE BLUT.
ES HEISST, SIE SEIEN NACHFAHREN DES HERRN, ABKÖMMLINGE DER KINDER, DIE ... JESUS MIT MARIA MAGDALENA ZEUGTE. MAN SAGT WEITER, SIE HÄTTEN BESONDERE KRÄFTE UND NUR DIEJENIGEN, DIE DIESES BLUTES SIND, WÜRDEN IN DER LAGE SEIN, DAS GRAB JESU ZU ÖFFNEN ...
ABER DAS IST NATÜRLICH AUSGEMACHTER UNSINN!
WARUM ERZÄHLST DU MIR DAS ALLES, QUENTIN? WAS HAT DAS MIT MIR ZU TUN?
ÄHM ...
EINES SOLLTEST DU WISSEN, MEIN JUNGE: AUCH WENN ICH EIN MÖNCH BIN ... ICH LIEBE DICH, ALS WÄRST DU MEIN SOHN, DAVID.
ICH ... MUSS KURZ INS BÜRO. WARTE HIER.

SO, DER KLEINE VERKRIECHT SICH ALSO AM ANUS MUNDI — AM ARSCH DER WELT!
DIE SPUR FÜHRT ZU DIESEM INTERNAT. MARIENFELD IST NUR EIN PAAR KILOMETER ENTFERNT!
BRING MIR DEN JUNGEN, ARES!
INTERNAT
MARI
DANN LASS UNS DEN HOSENSCHEISSER MAL AUS SEINEM KRABBELSTALL HOLEN, SHAREEF!
SOLANGE DU NICHT GLEICH DIE HALBE SCHULE DABEI UMBRINGST ...
FÜR EINEN MANN AUS EINER FAMILIE VON ATTENTÄTERN BIST DU VERDAMMT WEICH, KAMELJOCKEY!
ICH TÖTE, WEIL ES MEINE BESTIMMUNG IST. GEFÜHLE HABEN DAMIT NICHTS ZU TUN.
KOMM' MIR NICHT SO, ELENDER DOMESTIK!
WELCHES ZIMMER HAT DAS GÖR?
Haus II
RAUM 14 IM ERSTEN STOCK.
CRASH
14
KRACK
14

ARRGH!!
SCHRACK
WARUM SCHLÄGT ER SEIN ZIMMER KURZ UND KLEIN?
SOVIEL WUT. DAS KOMMT WOHL DAVON, WENN EINEM DIE MUTTERLIEBE FEHLT, WAS?
MOMENT MAL. SCHAU DIR DIE VERLETZUNGEN AN! FRISCHE NÄHTE UND DAS GESICHT VOLLER BLAUER FLECKE – DAS IST NICHT DAVID!
EIN GLÜCK! ICH WÜRDE LUCREZIA UNGERN EINEN SO HÄSSLICHEN VOGEL ZURÜCKBRINGEN!
LOS, DU POSTNATALES TRAUMA, MACHS MAUL AUF: WO IST DAVID?!?
CH WSS NCHT! WKLCH NCHT!
SCHEISSE! DER TYP HAT WIRKLICH KEINE AHNUNG!
LOS! WORAUF WARTEST DU? SUCH DAVID!
ES WÄRE HILFREICH, WENN ICH WÜSSTE, WIE ER AUSSIEHT.
DU HAST RECHT! UND ICH HATTE SCHON GEDACHT, WÜSTENSAND VERMINDERT DIE DENKFÄHIGKEIT!
DANN AUF ZUM BÜRO DES PFAFFEN. DORT WIRDS EINE AKTE ÜBER DAVID GEBEN!

DA VORNE MÜSSTE ES SEIN!
NA BITTE, DA IST SIE SCHON! TJA, DAS GLÜCK BEVORZUGT DEN CLEVEREN!
BENEIDENSWERTE ZEUGNISSE, KEINE TADEL. DIE KLEINE TEPPICHMADE SCHEINT EIN ECHTER STREBER ZU SEIN! KOMMT WOHL NACH DEM VATER ...
HIER IST SOGAR EIN AKTUELLES FOTO – ICH MAG DIE FRESSE SCHON JETZT NICHT!
ICH HABE DIE ANRUFE DES ABTS AUSGEWERTET. ER HAT LANGE GESPRÄCHE MIT EINER BESTIMMTEN HANDY-NUMMER GEFÜHRT.
DER LETZTE KONTAKT WAR HEUTE FRÜH.
DAS KÖNNTE VON METZ SEIN!
ORTE DAS VERFLUCHTE HANDY, VIELLEICHT FÜHRT ES UNS ZU IHM
WENN DAS KLAPPT, DANN HABEN WIR HIER ENDLICH DAS MITTEL, UM DIE TEMPLER ZU FINDEN!
MOMENT! HAST DU KEINE HANDSCHUHE GETRAGEN?
WAS? - NEIN!
DANN SIND JETZT DEINE VERFICKTEN FINGERABDRÜCKE ÜBERALL DA DRINNEN!

NA, DANN MÜSSEN WIR HALT SAUBER MACHEN!
KRRAKOOOM
WAS WAR DAS?
QUENTIN?
QUENTIN!?!
QUE ...

WO ...
WO BIN ICH?
WER ...?
DIE HABEN
MICH BETÄUBT. UND
ENTFÜHRT!
KAFFEE?
GUTE IDEE!
SCHWARZ!
OKAY, BIN GLEICH WIEDER
ZURÜCK! LASS' DEN
TRANSPORTER NICHT AUS
DEN AUGEN!
WENN DA DRAUSSEN
NUR ZWEI TYPEN SIND UND EINER
EBEN GEGANGEN IST ... DANN IST
DAS MEINE CHANCE!
KRRONSCH!

AUSGANG
B
B
?!
informati
Café
EIN FLUGHAFEN?
Cafe
GIFTS
INTERNATIONALE
PRESSE
DEPARTURE/ABFLUG
GATES 1-10
GATES 11-25
INK-AIR
i Air
P A
WC
PARK DECK B
ZINGG
WAS?!!
ICH MUSS HIER SCHLEUNIGST VERSCHWINDEN! QUENTIN ... DIE EXPLOSION ... OH MIST!
ARRIVALS
IIIAH!
ARRIVALS
MALLE

DAS IST WAHNSINN! WO BIN ICH HIER GELANDET, WAS SIND DAS FÜR KERLE?
KLIRCH
KLING
AUSZEIT! DIE MATRIX HAT 'NEN FEHLER! DAS KANN ALLES NICHT WAHR SEIN!
MIST, DER TYP AUS DEM PARKHAUS!
ARRIVALS
WAS JETZT?

DAS AUTO!
BITTE! SIE MÜSSEN MIR HELFEN, ICH MUSS SOFORT HIER WEG!
STEIG EIN!
VIELEN DANK, SIE SIND MEINE RETTUNG!
DU BRAUCHST DICH NICHT ZU BEDANKEN, DAVID!
WIE ...? WOHER KENNEN SIE MEINEN NAMEN?
ICH MUSS RAUS HIER!
NEIN, DAVID! WIR BESCHÜTZEN DICH! BLEIB HIER!
DU SOLLTEST AUF SIE HÖREN, KLEINER!
SWUSH
ALLES WIRD GUT, MEIN DAVID, ALLES WIRD GUT!

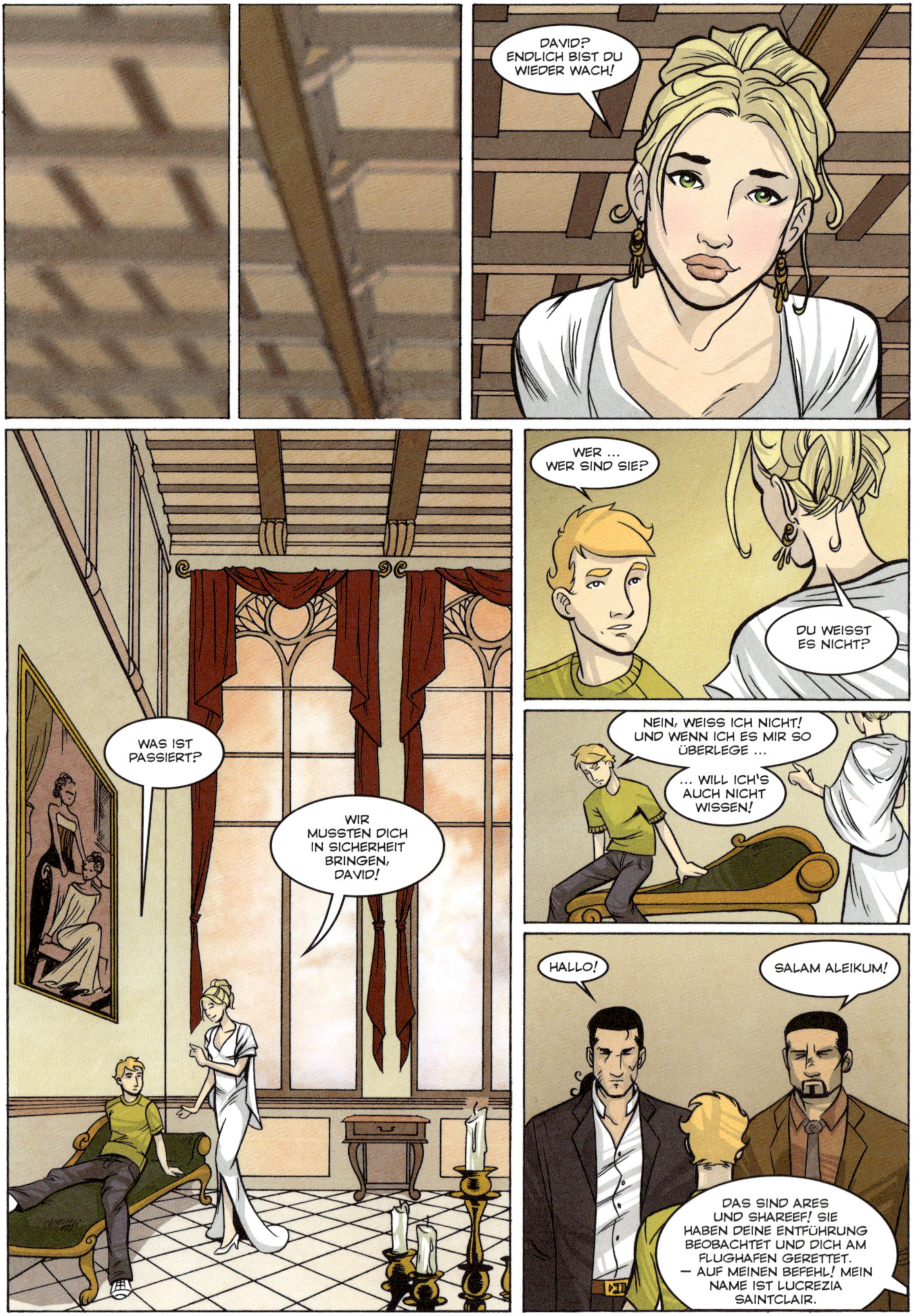
DAVID? ENDLICH BIST DU WIEDER WACH!
WAS IST PASSIERT?
WIR MUSSTEN DICH IN SICHERHEIT BRINGEN, DAVID!
WER ... WER SIND SIE?
DU WEISST ES NICHT?
NEIN, WEISS ICH NICHT! UND WENN ICH ES MIR SO ÜBERLEGE ...
... WILL ICH'S AUCH NICHT WISSEN!
HALLO!
SALAM ALEIKUM!
DAS SIND ARES UND SHAREEF! SIE HABEN DEINE ENTFÜHRUNG BEOBACHTET UND DICH AM FLUGHAFEN GERETTET. – AUF MEINEN BEFEHL! MEIN NAME IST LUCREZIA SAINTCLAIR.

„ARES", „SHAREEF," „SAINTCLAIR" ... ? – ALS WÄREN WIR AUF 'NER DINNERPARTY!
WAS SOLL DAS ALLES? WAS WOLLT IHR VON MIR?!
ACH, MEIN JUNGE! DAS IST ES NICHT WIRKLICH, WAS DICH BESCHÄFTIGT.
DIE FRAGE, DIE SICH DIR TATSÄCHLICH STELLT ...
... IST EINE GANZ ANDERE!
WAS DU WISSEN WILLST, WISSEN *MUSST*, IST VIELMEHR: WOHER KOMMST DU – WER BIST DU?
WOHER WEISS SIE DAS? DAS IST UNMÖGLICH!
DU WEISST, DASS DU ANDERS BIST, ALS DIE ANDEREN!
DU SPÜRST ES JEDEN TAG EIN WENIG MEHR, HABE ICH RECHT?
FANG!
NICHT SCHLECHT!
DANN LASS MAL SEHEN, OB DER MÖNCH DICH NICHT VÖLLIG VERWEICHLICHT HAT!
WAS SOLL DAS?!

WAS SOLL DER SCHEISS?
KLING
BEIM SPORT IMMER GESCHWÄNZT, WAS? DU KEUCHST WIE EIN STUBENHOCKER!
GENUG!
NERV GETROFFEN?! NA DANN ZEIG DOCH, WAS IN DIR STECKT!
ES REICHT! IHR SEID DOCH ALLE VERRÜCKT!
ENDE DER LEKTION!
ER HATS WIRKLICH IM BLUT!
ABER ER MUSS NOCH VIEL LERNEN!

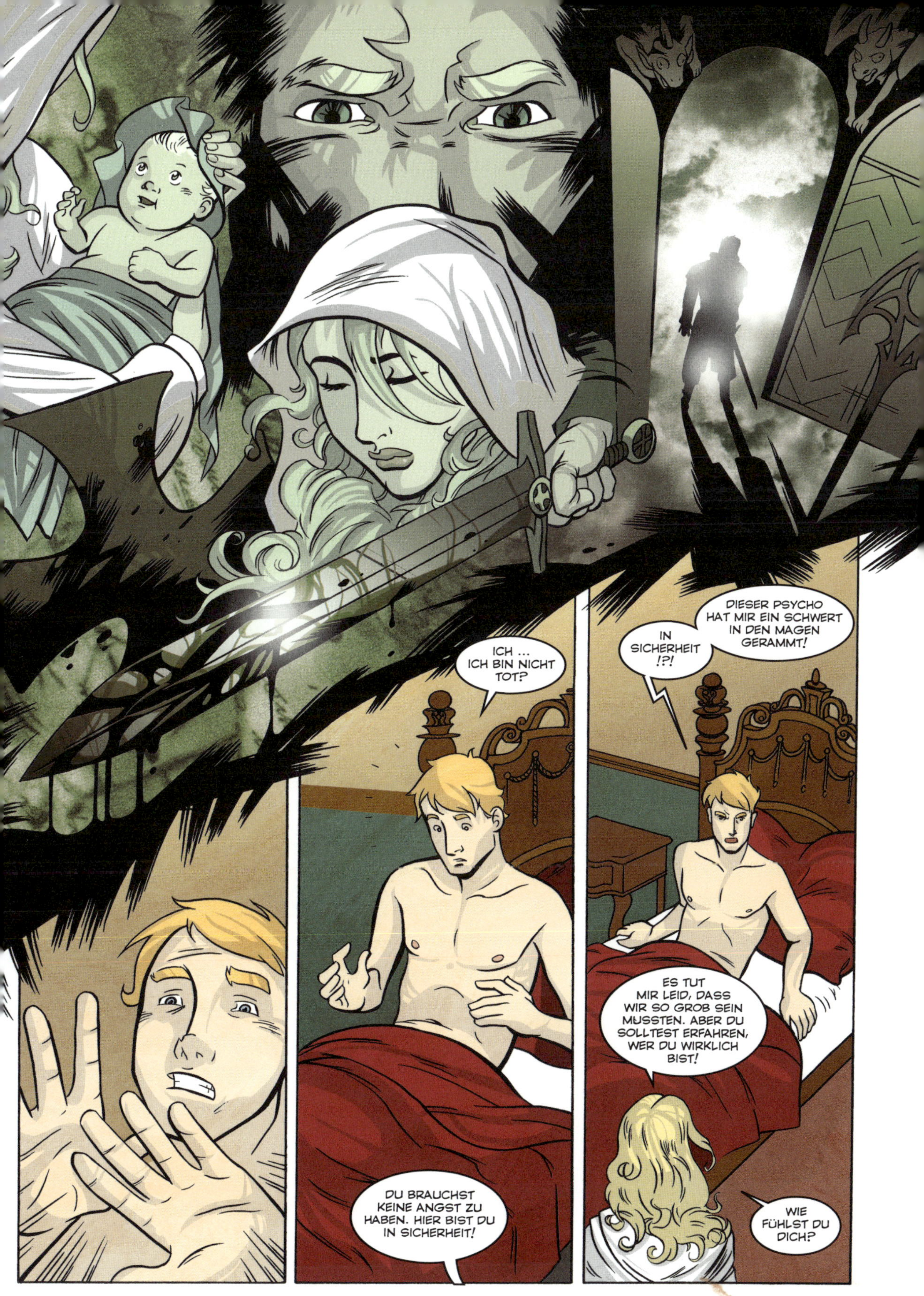
ICH ... ICH BIN NICHT TOT?
DU BRAUCHST KEINE ANGST ZU HABEN. HIER BIST DU IN SICHERHEIT!
IN SICHERHEIT !?!
DIESER PSYCHO HAT MIR EIN SCHWERT IN DEN MAGEN GERAMMT!
ES TUT MIR LEID, DASS WIR SO GROB SEIN MUSSTEN. ABER DU SOLLTEST ERFAHREN, WER DU WIRKLICH BIST!
WIE FÜHLST DU DICH?

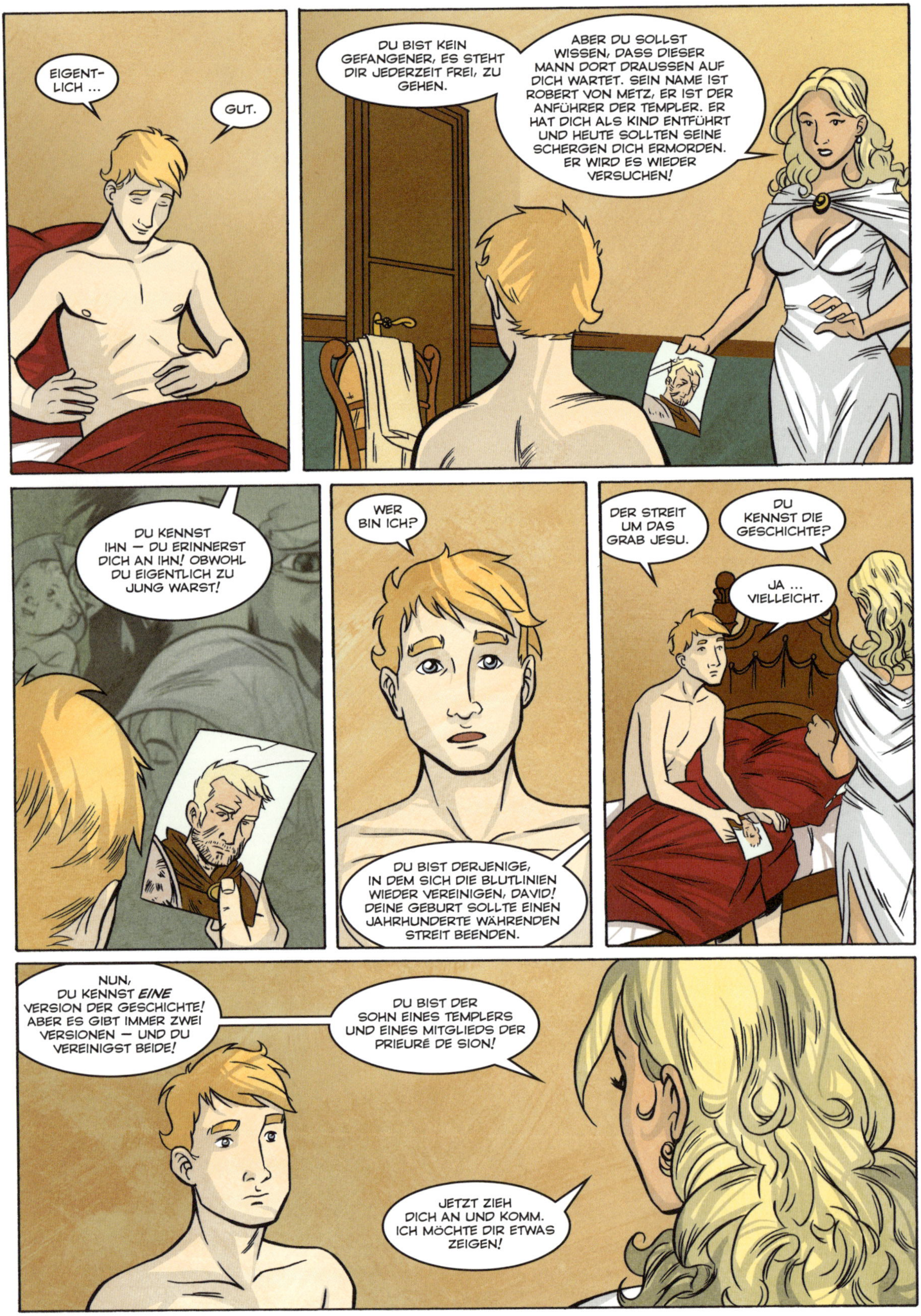
EIGENTLICH ...
GUT.
DU BIST KEIN GEFANGENER, ES STEHT DIR JEDERZEIT FREI, ZU GEHEN.
ABER DU SOLLST WISSEN, DASS DIESER MANN DORT DRAUSSEN AUF DICH WARTET. SEIN NAME IST ROBERT VON METZ, ER IST DER ANFÜHRER DER TEMPLER. ER HAT DICH ALS KIND ENTFÜHRT UND HEUTE SOLLTEN SEINE SCHERGEN DICH ERMORDEN. ER WIRD ES WIEDER VERSUCHEN!
DU KENNST IHN – DU ERINNERST DICH AN IHN! OBWOHL DU EIGENTLICH ZU JUNG WARST!
WER BIN ICH?
DU BIST DERJENIGE, IN DEM SICH DIE BLUTLINIEN WIEDER VEREINIGEN, DAVID! DEINE GEBURT SOLLTE EINEN JAHRHUNDERTE WÄHRENDEN STREIT BEENDEN.
DER STREIT UM DAS GRAB JESU.
DU KENNST DIE GESCHICHTE?
JA ... VIELLEICHT.
NUN, DU KENNST *EINE* VERSION DER GESCHICHTE! ABER ES GIBT IMMER ZWEI VERSIONEN – UND DU VEREINIGST BEIDE!
DU BIST DER SOHN EINES TEMPLERS UND EINES MITGLIEDS DER PRIEURÉ DE SION!
JETZT ZIEH DICH AN UND KOMM. ICH MÖCHTE DIR ETWAS ZEIGEN!

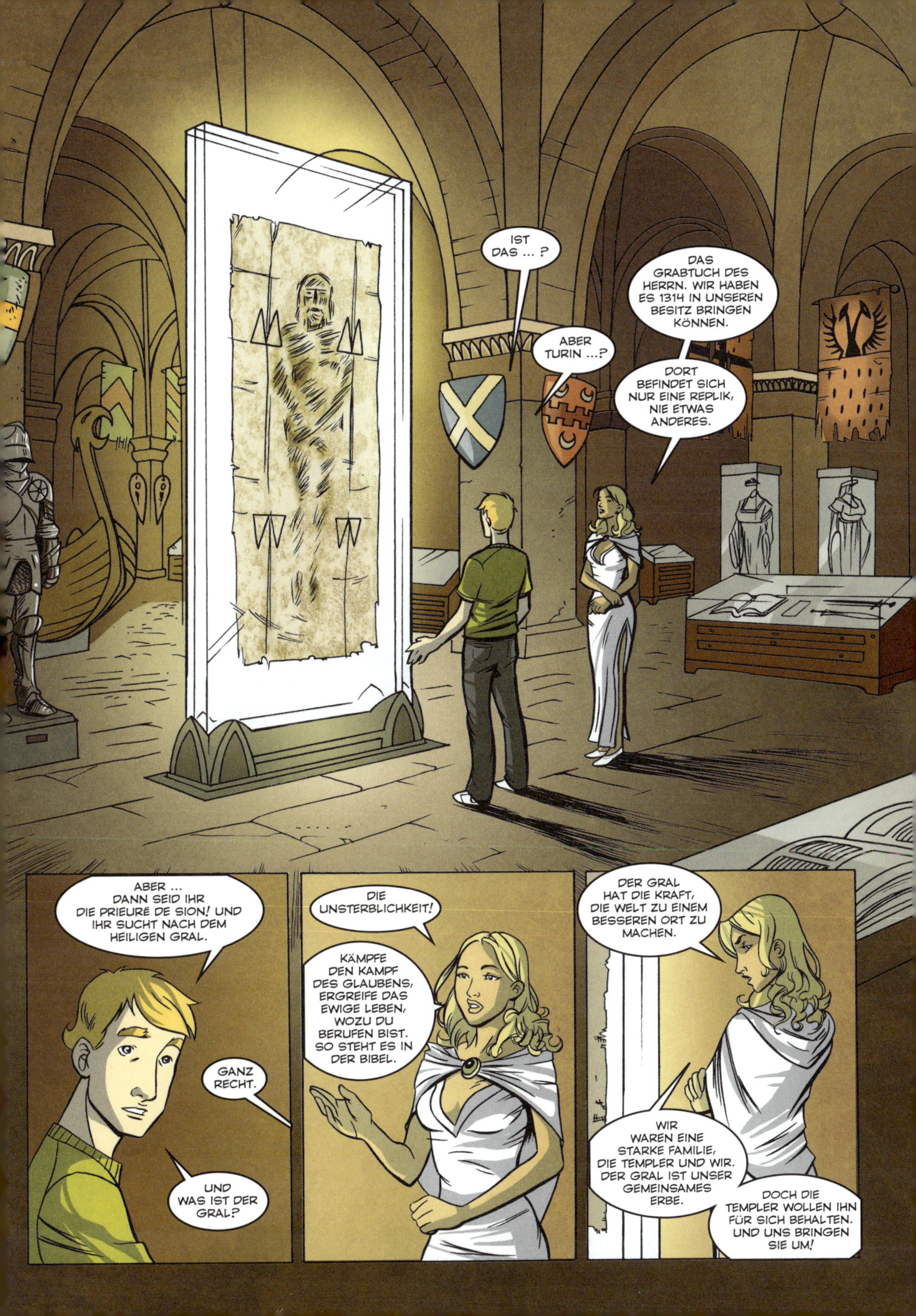
IST DAS ... ?
DAS GRABTUCH DES HERRN. WIR HABEN ES 1314 IN UNSEREN BESITZ BRINGEN KÖNNEN.
ABER TURIN ...?
DORT BEFINDET SICH NUR EINE REPLIK, NIE ETWAS ANDERES.
ABER ... DANN SEID IHR DIE PRIEURÉ DE SION! UND IHR SUCHT NACH DEM HEILIGEN GRAL.
GANZ RECHT.
UND WAS IST DER GRAL?
DIE UNSTERBLICHKEIT!
KÄMPFE DEN KAMPF DES GLAUBENS, ERGREIFE DAS EWIGE LEBEN, WOZU DU BERUFEN BIST. SO STEHT ES IN DER BIBEL.
DER GRAL HAT DIE KRAFT, DIE WELT ZU EINEM BESSEREN ORT ZU MACHEN.
WIR WAREN EINE STARKE FAMILIE, DIE TEMPLER UND WIR. DER GRAL IST UNSER GEMEINSAMES ERBE.
DOCH DIE TEMPLER WOLLEN IHN FÜR SICH BEHALTEN. UND UNS BRINGEN SIE UM!

DU BIST SEIT FAST TAUSEND JAHREN DAS ERSTE KIND, DAS BEIDE BLUTLINIEN WIEDER IN SICH VEREINT.
ALS ROBERT VON METZ DIES ERFUHR, ERMORDETE ER DEINEN VATER – UND STAHL DICH DEINER MUTTER!
WARUM HAT ER MICH DAMALS NICHT AUCH GLEICH GETÖTET?
ER HAT DICH ALS FAUSTPFAND BENUTZT.
SOLANGE ER DICH GEFANGEN HIELT, KONNTEN DIE PRIEURÉ ES NICHT WAGEN, NACH DEM GRAL ZU SUCHEN.
ER WUSSTE, ICH WÜRDE NICHTS TUN, WAS DAS LEBEN *MEINES SOHNES* GEFÄHRDET!
ALL DIE JAHRE HABE ICH NACH DIR GESUCHT UND MANCHMAL WAR ICH SO VERZWEIFELT.
ICH GLAUBTE, ICH WÜRDE DICH NIE WIEDERSEHEN, NIE WIEDER IN MEINEN ARMEN HALTEN ...

WILLIAM WAR EINER DER BESTEN UND TREUESTEN KRIEGER. SEIN LEBEN — UND AUCH SEINEN TOD — HAT ER DEM SCHUTZ DES GRALS GEWIDMET. MÖGE ER IN FRIEDEN RUHEN!
AMEN.
AMEN.
AMEN.
AMEN.
AMEN.
AMEN.
AMEN.
AMEN.
AMEN.
BRÜDER, BEVOR IHR EUCH ZURÜCKZIEHT, MÜSSEN WIR NOCH ETWAS BESPRECHEN.
WILLIAMS TOD STEHT IN ZUSAMMENHANG MIT EINER GROSSEN GEFAHR, DIE UNS DROHT: DER, DER DIE BLUTLINIEN WIEDER VEREINT, LEBT.
BRUDER ROBERT HAT DEN AUFTRAG, DEN ER VOR ACHTZEHN JAHREN ERHIELT, NICHT AUSGEFÜHRT. STATT DEN SÄUGLING ZU TÖTEN, VERSTECKTE ER IHN AN EINEM SCHEINBAR SICHEREN ORT, WO AUS DEM KNABEN EIN JUNGER MANN WURDE.
DIE PRIEURÉ HABEN VON DEM VERSTECK ERFAHREN UND NUN IST DER JUNGE IN IHREN HÄNDEN!
WIE KONNTE DAS GESCHEHEN?
DAS IST WAHNSINN!
ES IST UNGLAUBLICH!
GOTT STEHE UNS ...
GENUG!
ROBERT IST NOCH IMMER DER TEMPLERMEISTER, LASST IHN SPRECHEN!
ICH HABE EUER VERTRAUEN IN MICH ENTTÄUSCHT. BITTE VERZEIHT MIR!
ICH WERDE MEINEN FEHLER WIEDER GUT MACHEN!
ICH WERDE DEN JUNGEN TÖTEN!

DAVIDS SCHULKOSTEN WURDEN VON EINER STIFTUNG FÜR WAISEN BEZAHLT, DIE ÜBERHAUPT NICHT EXISTIERT. ES HANDELT SICH DABEI UM EINE ART BRIEFKASTENFIRMA.
EINE WOCHE SPÄTER
BEI WEITEREN NACHFORSCHUNGEN SIND WIR AUF EIN WEITVERZWEIGTES SYSTEM AN SCHEINFIRMEN UND HOLDINGS GESTOSSEN, DAS WIR GERADE ZU ENTWIRREN VERSUCHEN.
GUT. WANN IST MIT ERGEBNISSEN ZU RECHNEN?
KANN ICH NOCH NICHT SAGEN, ABER WIR VERFOLGEN EINE VIELVERSPRECHENDE SPUR, DIE ZUR KÜSTE FÜHRT.
ERST WENN METZ UND DIE TEMPLER AUS DEM WEG GERÄUMT SIND UND WIR DIE RELIQUIEN HABEN, IST DER WEG ZUM GRAB FREI!
WAS IST LOS, DAVID? LIEGT DIR ETWAS AUF DEM HERZEN?
ICH WEISS NICHT ... IRGENDWIE GEHT MICH DAS GANZE NICHTS AN.
ES GEHT DICH NICHTS AN?! WIE KANNST DU DAS SAGEN, DAVID? DU BIST MEIN KIND, DU BIST EIN SAINTCLAIR, EIN MITGLIED DER PRIEURÉ DE SION!
DAS GRAB IST UNSER SCHICKSAL – DEIN SCHICKSAL! DU TRÄGST EINE GROSSE VERANTWORTUNG. DER KANNST DU DICH NICHT ENTZIEHEN!
VON METZ HAT DEINEN VATER ERMORDET! ER WILL AUCH DICH ERMORDEN – DIESER SCHLÄCHTER WARTET NUR AUF DICH!
UND WAS GLAUBST DU, HAT ER MIT DEINEM FREUND, DEM MÖNCH GEMACHT, ALS ER IHN NICHT MEHR BRAUCHTE?
DIE EXPLOSION IM INTERNAT ...
QUENTIN? ABER WAS ...?

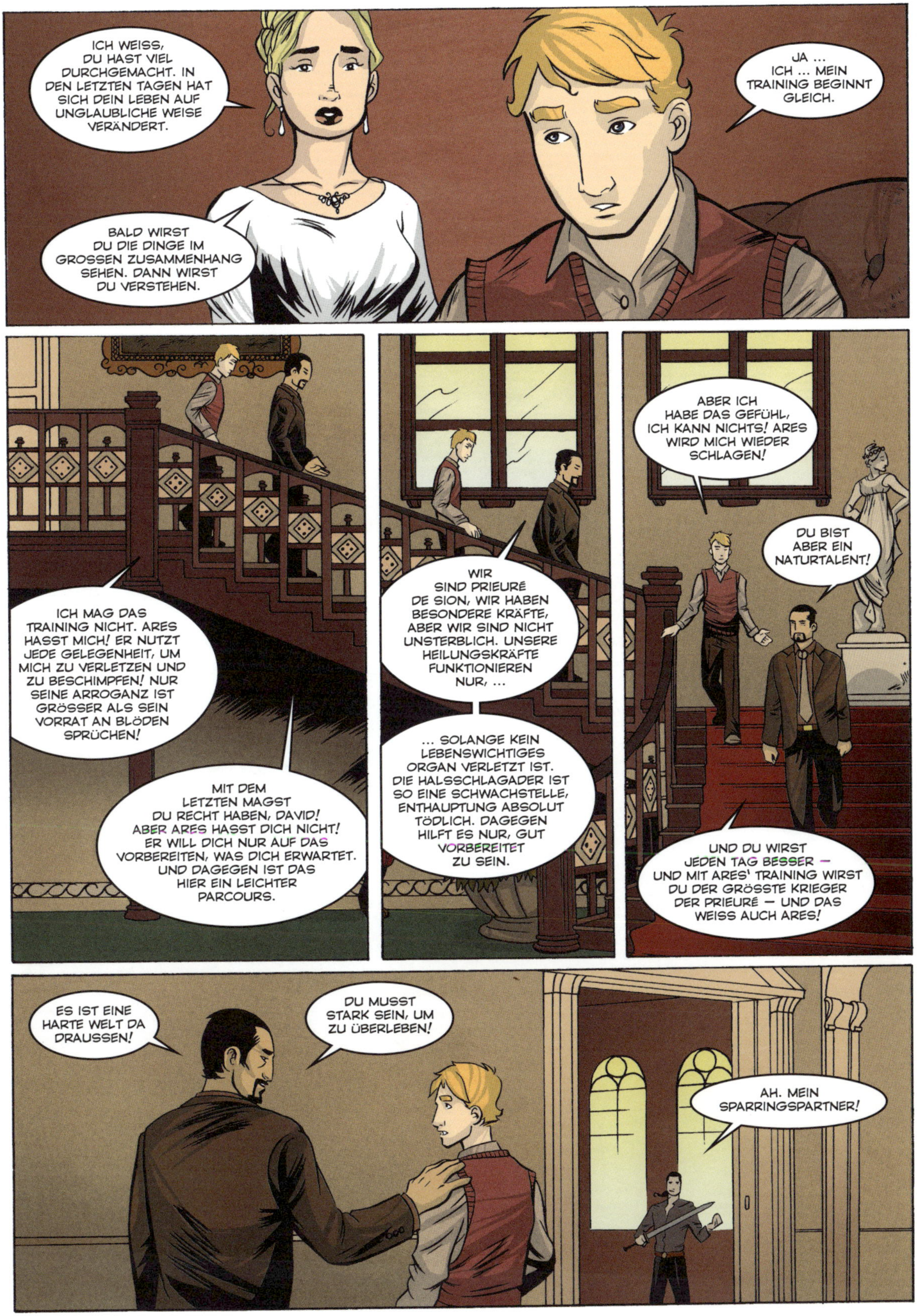
ICH WEISS, DU HAST VIEL DURCHGEMACHT. IN DEN LETZTEN TAGEN HAT SICH DEIN LEBEN AUF UNGLAUBLICHE WEISE VERÄNDERT.
JA … ICH … MEIN TRAINING BEGINNT GLEICH.
BALD WIRST DU DIE DINGE IM GROSSEN ZUSAMMENHANG SEHEN. DANN WIRST DU VERSTEHEN.
ICH MAG DAS TRAINING NICHT. ARES HASST MICH! ER NUTZT JEDE GELEGENHEIT, UM MICH ZU VERLETZEN UND ZU BESCHIMPFEN! NUR SEINE ARROGANZ IST GRÖSSER ALS SEIN VORRAT AN BLÖDEN SPRÜCHEN!
MIT DEM LETZTEN MAGST DU RECHT HABEN, DAVID! ABER ARES HASST DICH NICHT! ER WILL DICH NUR AUF DAS VORBEREITEN, WAS DICH ERWARTET. UND DAGEGEN IST DAS HIER EIN LEICHTER PARCOURS.
WIR SIND PRIEURÉ DE SION, WIR HABEN BESONDERE KRÄFTE, ABER WIR SIND NICHT UNSTERBLICH. UNSERE HEILUNGSKRÄFTE FUNKTIONIEREN NUR, …
… SOLANGE KEIN LEBENSWICHTIGES ORGAN VERLETZT IST. DIE HALSSCHLAGADER IST SO EINE SCHWACHSTELLE, ENTHAUPTUNG ABSOLUT TÖDLICH. DAGEGEN HILFT ES NUR, GUT VORBEREITET ZU SEIN.
ABER ICH HABE DAS GEFÜHL, ICH KANN NICHTS! ARES WIRD MICH WIEDER SCHLAGEN!
DU BIST ABER EIN NATURTALENT!
UND DU WIRST JEDEN TAG BESSER – UND MIT ARES' TRAINING WIRST DU DER GRÖSSTE KRIEGER DER PRIEURÉ – UND DAS WEISS AUCH ARES!
ES IST EINE HARTE WELT DA DRAUSSEN!
DU MUSST STARK SEIN, UM ZU ÜBERLEBEN!
AH. MEIN SPARRINGSPARTNER!

CEDRIC. ENDLICH! ICH WOLLTE DICH SCHON SUCHEN GEHEN.
DU WEISST GENAU, DASS DER COFFEESHOP DREI STRASSEN WEITER IST!
SCHON GUT. BEI EINER SO LANGEN OBSERVATION BRAUCHE ICH EBEN WENIGSTENS HALBWEGS GUTEN KAFFEE!
SIE WERDEN DEN JUNGEN NICHT AUS DEN AUGEN LASSEN!
WENN ICH DARAN DENKE, DASS ER JETZT IN *IHRER* GEWALT IST!
DU MUSST ES NICHT TUN!
ICH HÄTTE VERSTÄNDNIS DAFÜR, WENN DU ES NICHT KANNST, ROBERT!
ICH KANN ES FÜR DICH ERLEDIGEN.
NEIN!
ES IST OKAY, CEDRIC! ICH HABE EINEN FEHLER BEGANGEN UND WERDE IHN BEREINIGEN.
IRGENDWANN MÜSSEN SIE HERAUSKOMMEN. DANN WERDE ICH DAVID TÖTEN!

MEIN ONKEL HAT ES HEUTE BESONDERS GUT MIT MIR GEMEINT. ICH HABE BESTIMMT EIN PAAR GEBROCHENE RIPPEN.
ICH GLAUBE, ICH HABE DIE SCHNAUZE VOLL!
DU BRAUCHST EINFACH MAL EINE PAUSE!
WIE HIESS NOCH MAL DIE KLEINE VOM INTERNAT? STELLA? VIELLEICHT SOLLTEST DU DICH MIT IHR TREFFEN. RUF SIE DOCH MAL AN – DAS WIRD DIR BESTIMMT GUT TUN!
JA, DAS WÄRE TOLL! GUTE IDEE, SHAREEF!
STELLA? HIER IST DAVID! MIR GEHTS GUT, ES IST ALLES IN ORDNUNG!
DAVID? ICH HABE MIR SORGEN GEMACHT! WO BIST DU?
DU MUSST DIR KEINE SORGEN MACHEN, ICH BIN BEI MEINER FAMILIE.
DU HAST KEINE FAMILIE, HAST DU GESAGT!
JA, ... NEIN. DAS IST ETWAS SCHWER ZU ERKLÄREN!
DIE POLIZEI WAR HIER, ALLE SIND IN AUFREGUNG WEGEN DIR!
ICH WILL DICH SEHEN!
WIR TREFFEN UNS MORGEN FRÜH! KANNST DU HIER VORBEIKOMMEN?
ICH WÜRDE DICH AUCH SEHR GERNE WIEDER SEHEN!
ICH BIN EIN GANZES STÜCK VON MARIENFELD ENTFERNT, VIELLEICHT KÖNNEN WIR UNS IM NATURPARK TREFFEN – DA, WO WIR LETZTES JAHR DEN SCHULAUSFLUG GEMACHT HABEN!
OKAY. ICH BIN DA! PASS AUF DICH AUF!
ES KLAPPT! WIR TREFFEN UNS MORGEN FRÜH IM NATURPARK. FÄHRST DU MICH HIN?
ARES WIRD DICH FAHREN. UND NUN LEG DICH HIN. ES IST EINE WEITE STRECKE UND IHR MÜSST NOCH VOR SONNENAUFGANG LOS.

STUNDEN SPÄTER
DANKE, ARES, DASS DU MICH FÄHRST!
WARTE DIE FAHRT AB. MAL SEHEN, OB DU DICH DANN IMMER NOCH BEDANKST ...
VROOOOM!!
A RES 1
VROOOOM!!
BROOOOM
VR
WIR SIND DA, ROMEO!
ZZZZUIPP!!

DA HINTEN IST SIE. SIEHT JA GAR NICHT SO ÜBEL AUS, WIE ICH DACHTE.
HEY, STELLA! HIER!
SIE HAT UNS GESEHEN!
WER IST DAS DA HINTER IHR?
MAL SEHEN!
METZ!
STELLA! HINTER DIR! LAUF, STELLA, LAUF!!
TSCHONK

NEEEIIN!!
KÜMMER DICH UM DIE KLEINE! ICH MUSS DAVID ERWISCHEN!
LOS, WEG HIER! SCHNELL!
STELLA! WIR MÜSSEN ZU IHR! WIR MÜSSEN IHR HELFEN!
KEINE ZEIT! REIN DA! WIR MÜSSEN ABHAUEN!
ABER STELLA! SIE BRAUCHT HILFE!
WIR KÖNNEN NICHTS FÜR SIE TUN! UND WENN DIR AUCH NOCH ETWAS GESCHIEHT, BRINGT MICH LUCREZIA UM!
VERDAMMT!
VRROOOM

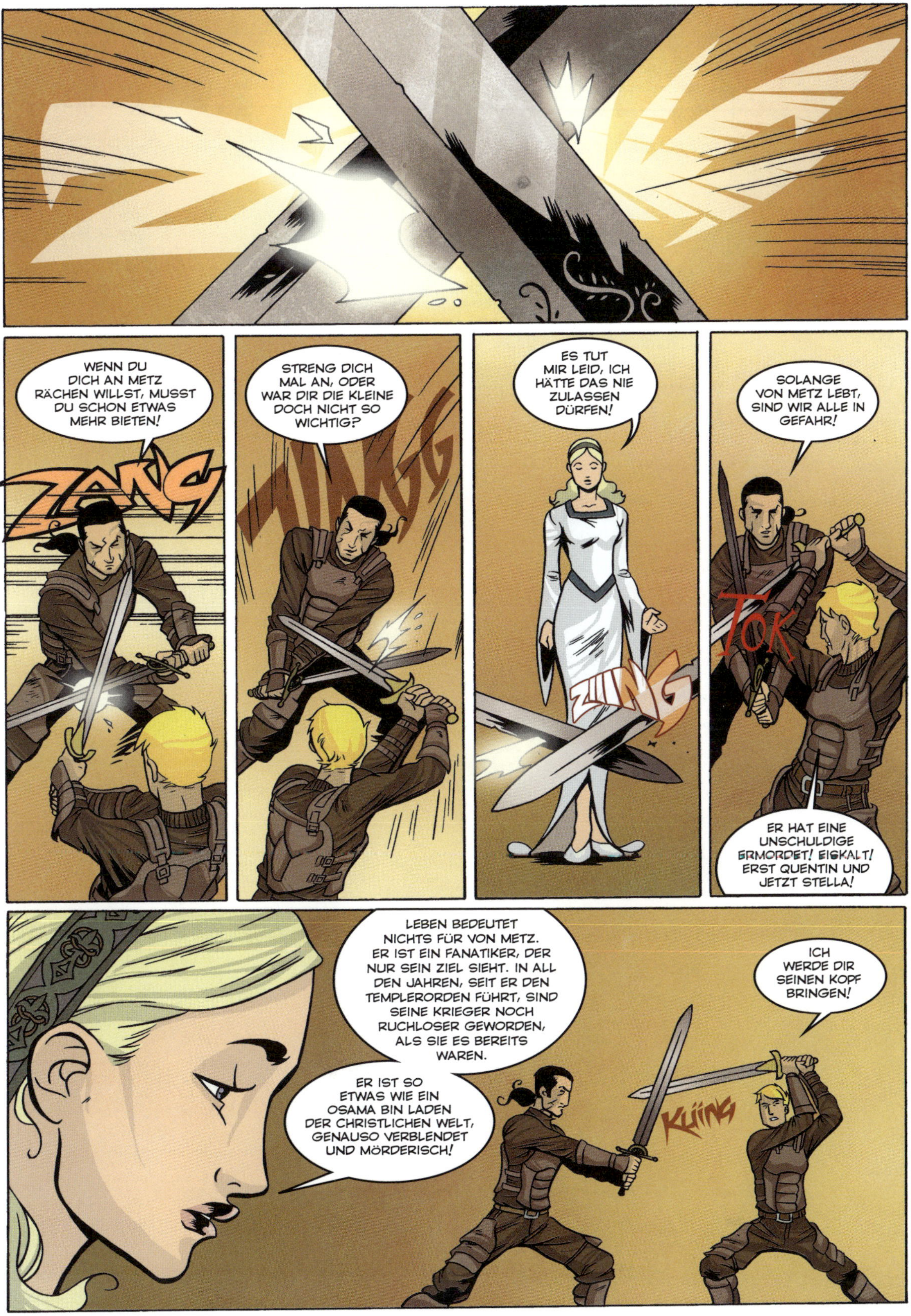
WENN DU DICH AN METZ RÄCHEN WILLST, MUSST DU SCHON ETWAS MEHR BIETEN!
ZANG
STRENG DICH MAL AN, ODER WAR DIR DIE KLEINE DOCH NICHT SO WICHTIG?
ES TUT MIR LEID, ICH HÄTTE DAS NIE ZULASSEN DÜRFEN!
ZIING
SOLANGE VON METZ LEBT, SIND WIR ALLE IN GEFAHR!
TOK
ER HAT EINE UNSCHULDIGE ERMORDET! EISKALT! ERST QUENTIN UND JETZT STELLA!
LEBEN BEDEUTET NICHTS FÜR VON METZ. ER IST EIN FANATIKER, DER NUR SEIN ZIEL SIEHT. IN ALL DEN JAHREN, SEIT ER DEN TEMPLERORDEN FÜHRT, SIND SEINE KRIEGER NOCH RUCHLOSER GEWORDEN, ALS SIE ES BEREITS WAREN.
ER IST SO ETWAS WIE EIN OSAMA BIN LADEN DER CHRISTLICHEN WELT, GENAUSO VERBLENDET UND MÖRDERISCH!
ICH WERDE DIR SEINEN KOPF BRINGEN!
KLIING

SEINEN KOPF WILLST DU? DU SCHAFFST ES JA NOCH NICHT EINMAL ...
ZING
... MICH ZUM SCHWITZEN ZU BRINGEN! ES WIRD NOCH DAUERN, BIS DU SOWEIT BIST ...
TING
... METZ GEGENÜBERTRETEN ZU KÖNNEN! MACH DICH BEREIT FÜR VIELE LEKTIONEN!!
— UND FÜR MEHR SCHMERZEN ALS EIN WEICHEI WIE DU ERTRAGEN KANN!!
UND SEI FROH, WENN ICH DIR DEINEN KOPF AUF DEM HALS LASSE!
WIR HABEN SIE! WIR HABEN DAS VERSTECK DER TEMPLER GEFUNDEN!

WIR BITTEN SIE, DAS RAUCHEN EINZUSTELLEN UND IHRE WAFFEN IN EINE SCHUSSBEREITE POSITION ZU BRINGEN!
LADIES, WIR SIND DA!
DAS PASST ZU DIESEN TEMPLER-SCHWUCHTELN – EIN ELFENBEINTURM IM MEER!

DANN SCHAUEN WIR UNS DAS DOCH GENAUER AN!
HEY, KAMELSCHNUTE, REICH MIR DOCH MAL DEN GRANATWERFER!
FOMP
HAHA! DAS WIRD EIN WECKRUF, DEN DIE TEMPLER NIE VERGESSEN WERDEN!
HEUTE SCHREIBEN WIR GESCHICHTE!
WIR WERDEN ANGEGRIFFEN! GEBT ALARM!
ZU DEN WAFFEN!
LOS GEHTS! HEUTE IST EIN GUTER TAG ZUM STERBEN – FÜR DIE TEMPLER!
ERTEILEN WIR DEN SELBSTERNANNTEN GRALSHÜTERN EINE LEKTION!

FÜR DIE PRIEURÉ DE SION! FÜR LUCREZIA!
DRAKKA
DRAKKA
DRAK
DRAK
DRAKKA
DRAKKA
BOOM

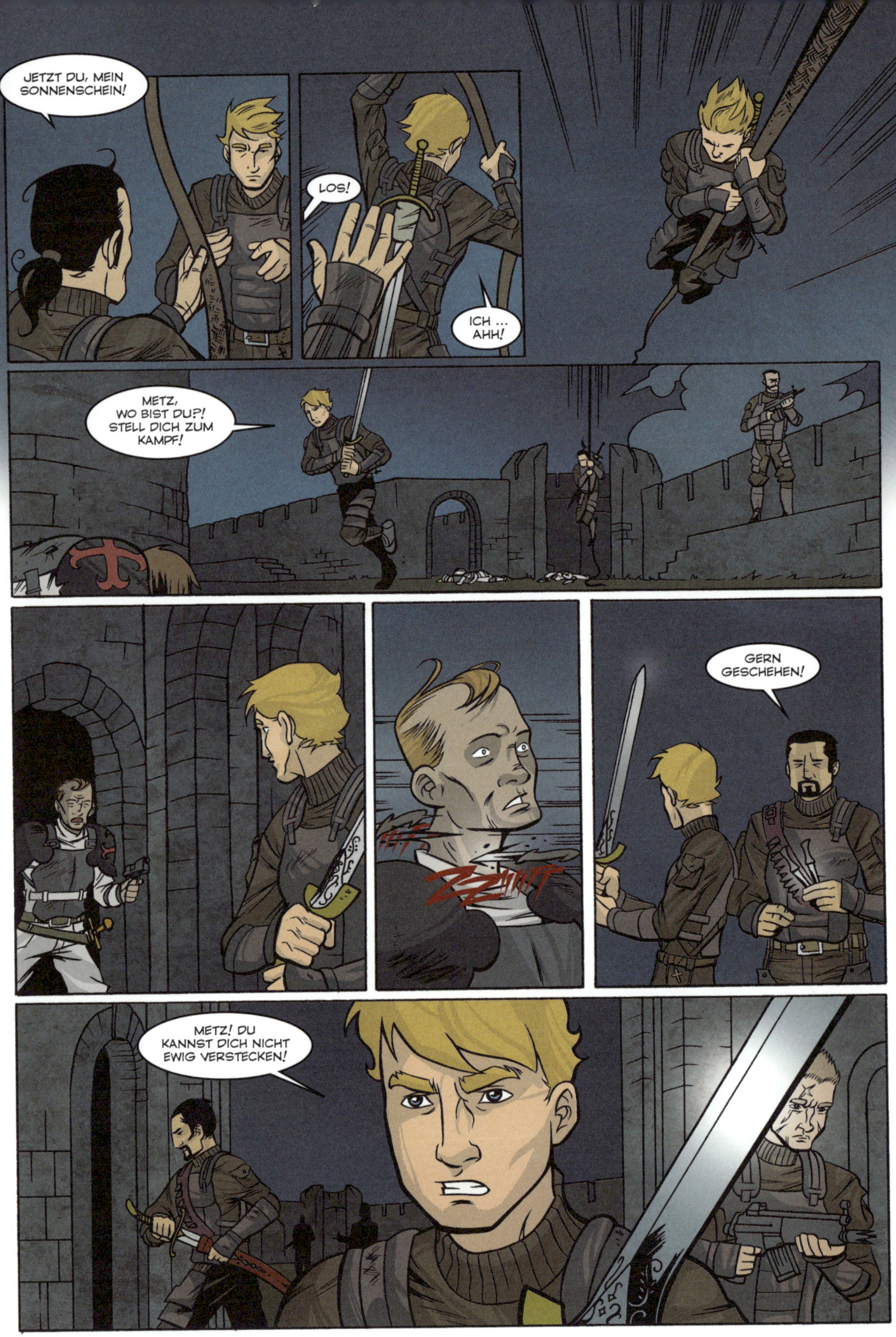
JETZT DU, MEIN SONNENSCHEIN!
LOS!
ICH ... AHH!
METZ, WO BIST DU?! STELL DICH ZUM KAMPF!
GERN GESCHEHEN!
METZ! DU KANNST DICH NICHT EWIG VERSTECKEN!

ES SIND DIE PRIEURÉ! — VIELE! ARES FÜHRT SIE AN. UND DAVID IST BEI IHNEN!
DANN HABEN WIR KEINE ZEIT ZU VERLIEREN! LOS!!
METZ! ENDLICH!
ELENDER MÖRDER!

STIRB, DU SCHWEIN!
UFF! HALLO, DAVID! HÄTTE NICHT GEDACHT, DASS UNSERE BEGRÜSSUNG SO HERZLICH AUSFÄLLT!
ZIIING

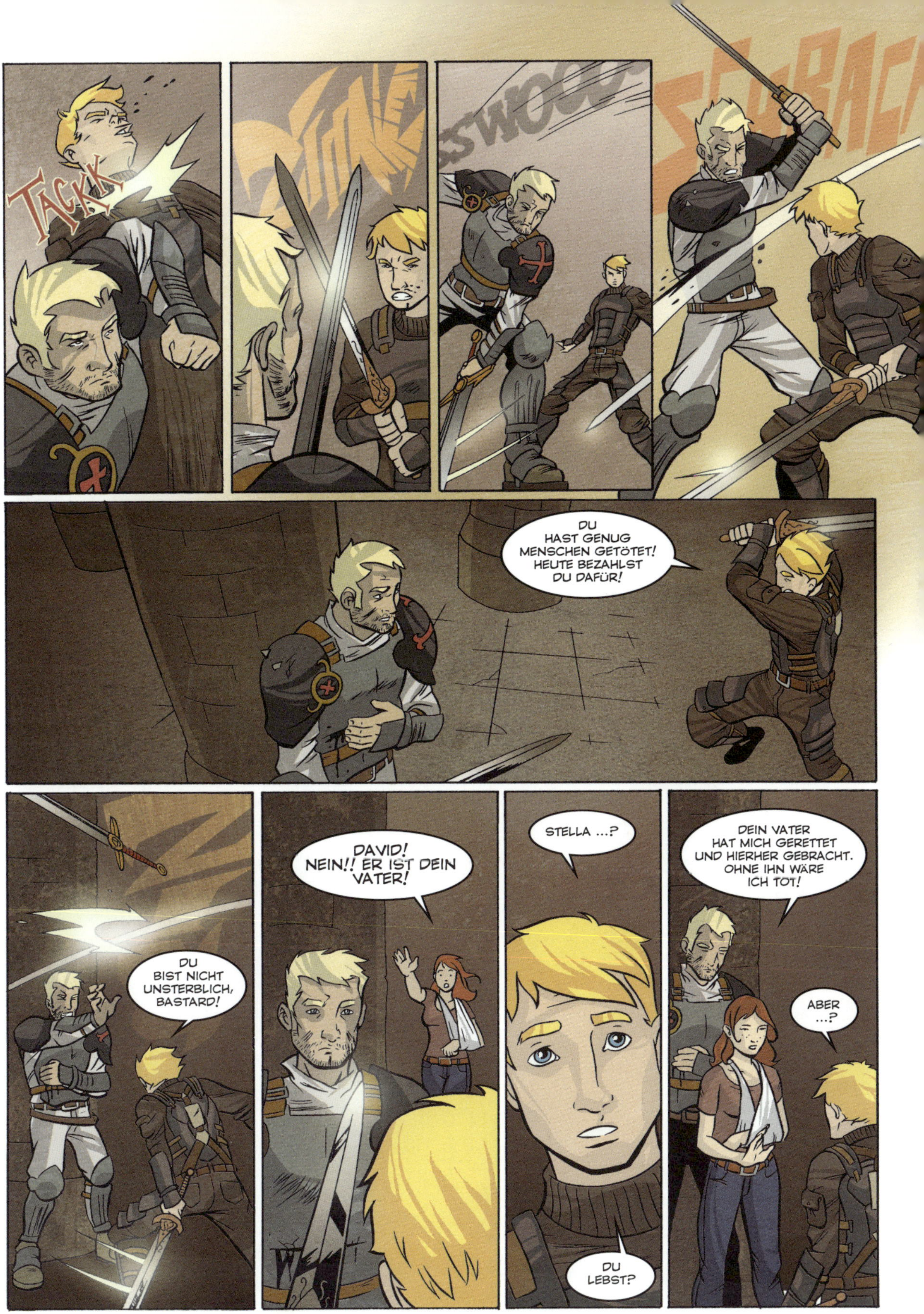
TACKK
DU HAST GENUG MENSCHEN GETÖTET! HEUTE BEZAHLST DU DAFÜR!
DU BIST NICHT UNSTERBLICH, BASTARD!
DAVID! NEIN!! ER IST DEIN VATER!
STELLA ...?
DU LEBST?
DEIN VATER HAT MICH GERETTET UND HIERHER GEBRACHT. OHNE IHN WÄRE ICH TOT!
ABER ...?

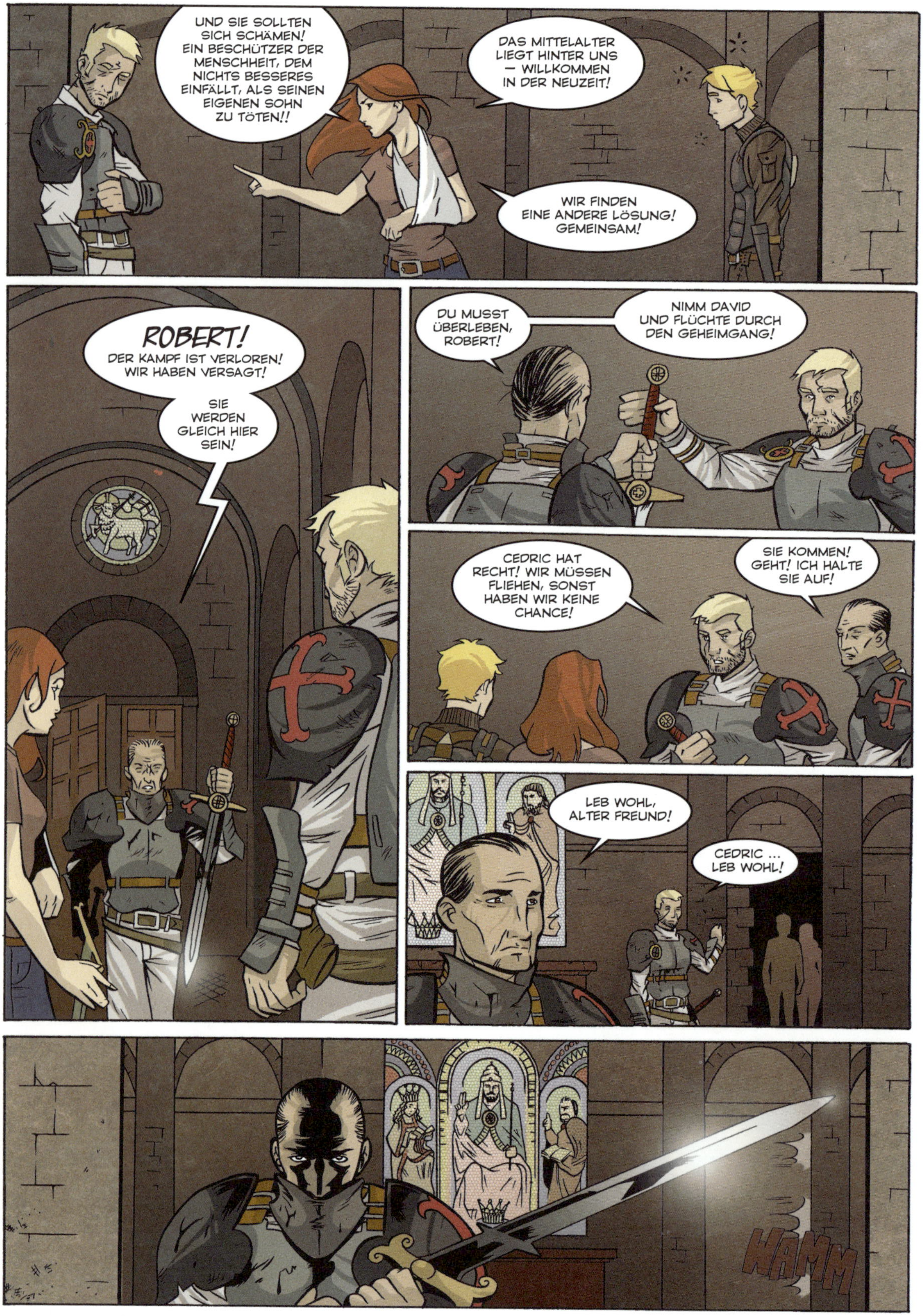
UND SIE SOLLTEN SICH SCHÄMEN! EIN BESCHÜTZER DER MENSCHHEIT, DEM NICHTS BESSERES EINFÄLLT, ALS SEINEN EIGENEN SOHN ZU TÖTEN!!
DAS MITTELALTER LIEGT HINTER UNS — WILLKOMMEN IN DER NEUZEIT!
WIR FINDEN EINE ANDERE LÖSUNG! GEMEINSAM!
ROBERT! DER KAMPF IST VERLOREN! WIR HABEN VERSAGT!
SIE WERDEN GLEICH HIER SEIN!
DU MUSST ÜBERLEBEN, ROBERT!
NIMM DAVID UND FLÜCHTE DURCH DEN GEHEIMGANG!
CEDRIC HAT RECHT! WIR MÜSSEN FLIEHEN, SONST HABEN WIR KEINE CHANCE!
SIE KOMMEN! GEHT! ICH HALTE SIE AUF!
LEB WOHL, ALTER FREUND!
CEDRIC ... LEB WOHL!
WAMM

DIESE BETSCHWESTERN FALLEN WIE DIE FLIEGEN – DAS IST JA FAST *ZU* LEICHT!
WO SIND SHAREEF UND DER KLEINE ABGEBLIEBEN?
SHAREEF HABE ICH EBEN IN DIE KAPELLE LAUFEN SEHEN!
SHAREEF?!
WO IST DER JUNGE?
ER IST ZUSAMMEN MIT VON METZ GEFLOHEN – ICH HABE SIE FAST NOCH ERWISCHT! DAS MÄDCHEN WAR AUCH BEI IHNEN!
WAAASS?!
DER HIER HAT MICH LEIDER AUFGEHALTEN, SONST HÄTTE ICH SIE NOCH ERWISCHT! SIE HABEN DAS SCHWERT!
ES MUSS HIER EINEN GEHEIMGANG GEBEN!
NUN, ARES, DAS GIBT WIEDER SCHELTE VON DEINER SCHWESTER, HM?!
FASSEN WIR ZUSAMMEN!
ERSTENS: DIE KLEINE SCHLAMPE DES BENGELS LEBT. DEINE TREFFSICHERHEIT LÄSST ZU WÜNSCHEN ÜBRIG!
ZWEITENS: VON METZ IST AM LEBEN UND DU LÄSST IHN AUCH NOCH DEN JUNGEN MITNEHMEN!
UND DRITTENS: DU BRINGST NICHT MAL DIESEN OPA ZUM SCHWEIGEN!
DIE FRAGE IST:
SCHAFFST DU ES AUCH NOCH MAL, ASSASSIN, JEMANDEN TATSÄCHLICH ZU *TÖTEN*?

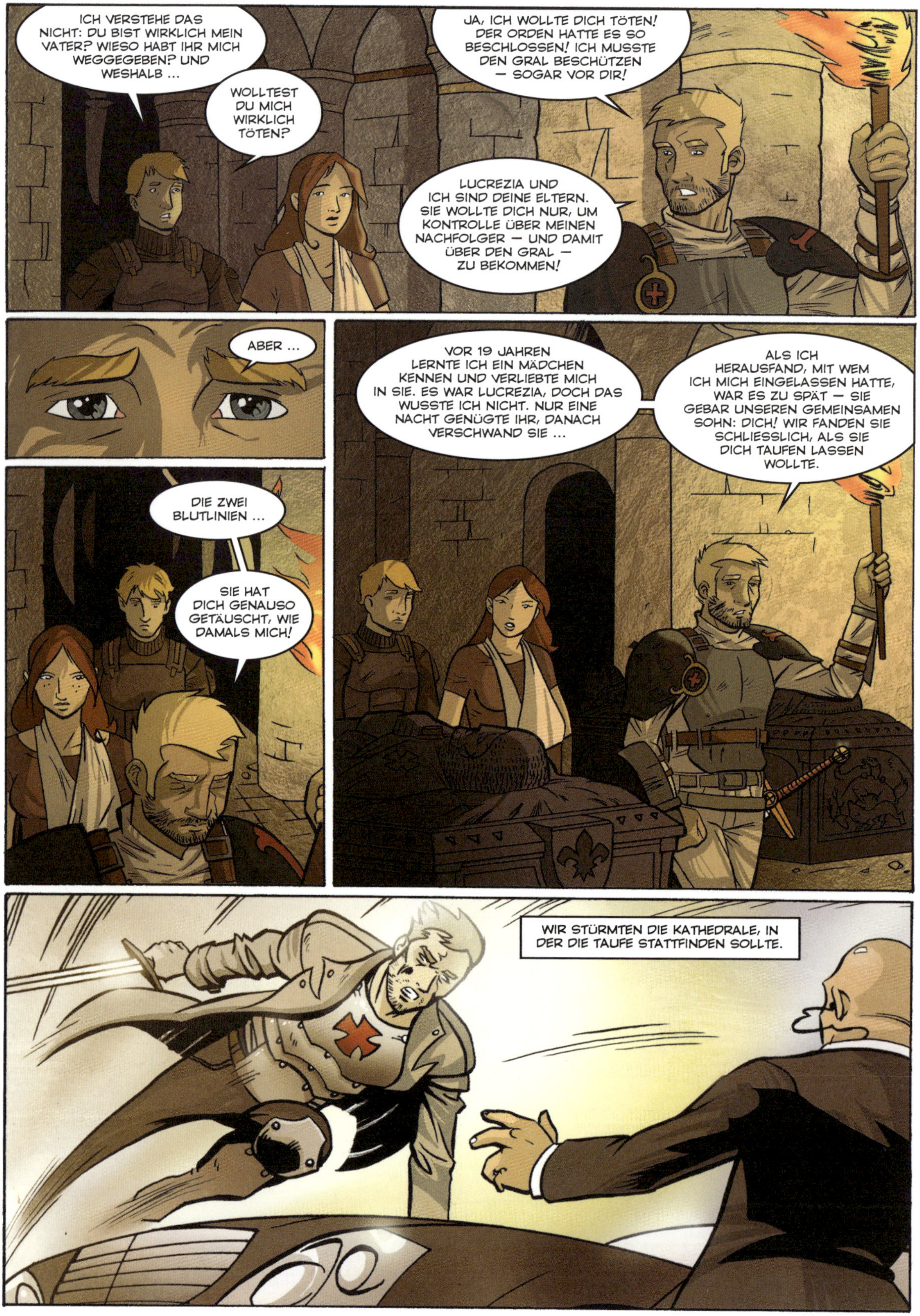
ICH VERSTEHE DAS NICHT: DU BIST WIRKLICH MEIN VATER? WIESO HABT IHR MICH WEGGEGEBEN? UND WESHALB ...
WOLLTEST DU MICH WIRKLICH TÖTEN?
JA, ICH WOLLTE DICH TÖTEN! DER ORDEN HATTE ES SO BESCHLOSSEN! ICH MUSSTE DEN GRAL BESCHÜTZEN — SOGAR VOR DIR!
LUCREZIA UND ICH SIND DEINE ELTERN. SIE WOLLTE DICH NUR, UM KONTROLLE ÜBER MEINEN NACHFOLGER — UND DAMIT ÜBER DEN GRAL — ZU BEKOMMEN!
ABER ...
DIE ZWEI BLUTLINIEN ...
SIE HAT DICH GENAUSO GETÄUSCHT, WIE DAMALS MICH!
VOR 19 JAHREN LERNTE ICH EIN MÄDCHEN KENNEN UND VERLIEBTE MICH IN SIE. ES WAR LUCREZIA, DOCH DAS WUSSTE ICH NICHT. NUR EINE NACHT GENÜGTE IHR, DANACH VERSCHWAND SIE ...
ALS ICH HERAUSFAND, MIT WEM ICH MICH EINGELASSEN HATTE, WAR ES ZU SPÄT — SIE GEBAR UNSEREN GEMEINSAMEN SOHN: DICH! WIR FANDEN SIE SCHLIESSLICH, ALS SIE DICH TAUFEN LASSEN WOLLTE.
WIR STÜRMTEN DIE KATHEDRALE, IN DER DIE TAUFE STATTFINDEN SOLLTE.

WAMM
WAMM
KLICK
HALLO, ROBERT!

SCHÖN, DASS DU ZUR TAUFE UNSERES SOHNES KOMMST
ICH HABE IHN DAVID GENANNT, EIN SCHÖNER NAME, NICHT?
GIB IHN MIR!
WIR SIND EINE FAMILIE, ROBERT! LASS UNS ZUSAMMEN GLÜCKLICH WERDEN!
BITTE, LASS UNS ZUSAMM ...

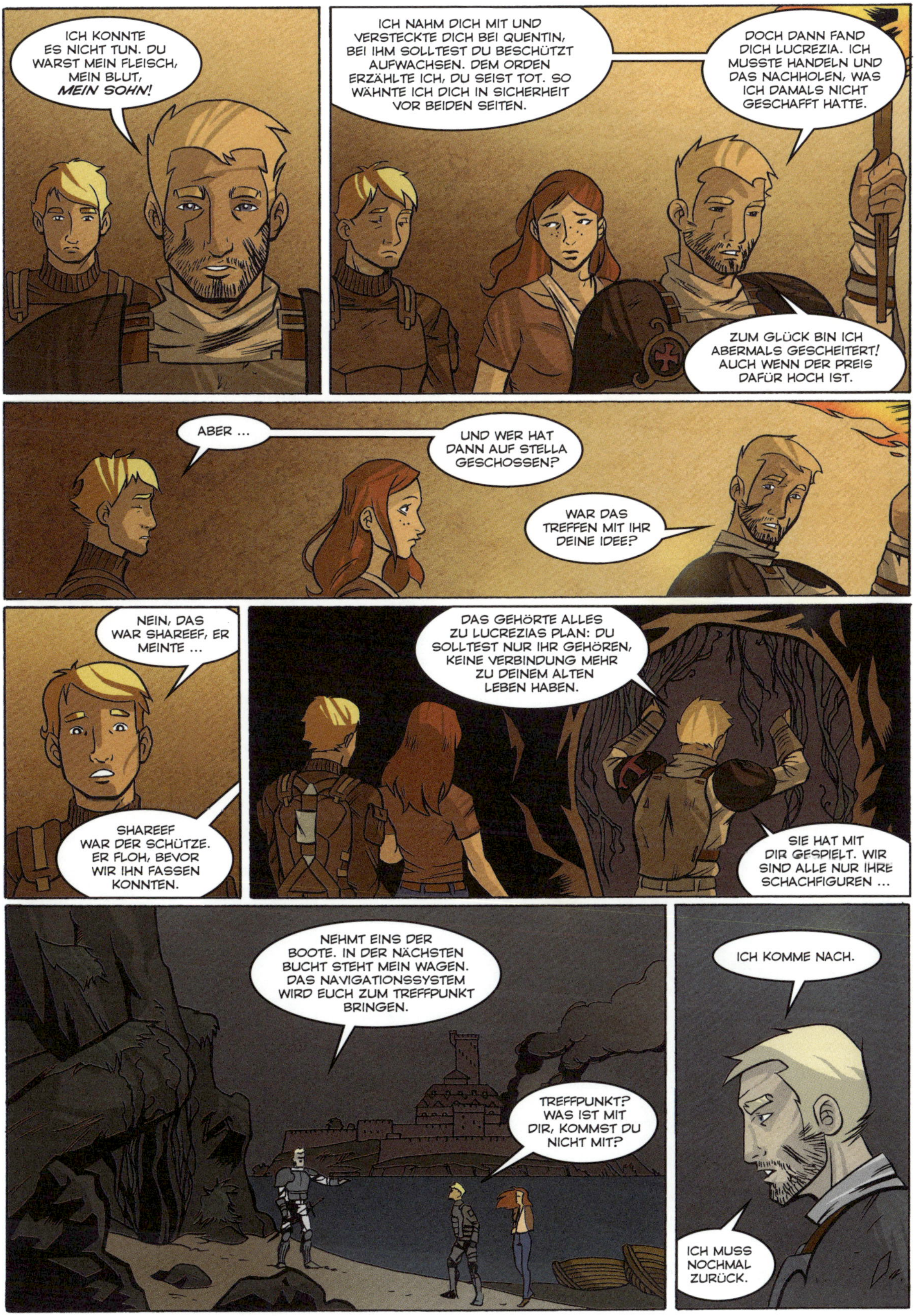
ICH KONNTE ES NICHT TUN. DU WARST MEIN FLEISCH, MEIN BLUT, *MEIN SOHN!*
ICH NAHM DICH MIT UND VERSTECKTE DICH BEI QUENTIN, BEI IHM SOLLTEST DU BESCHÜTZT AUFWACHSEN. DEM ORDEN ERZÄHLTE ICH, DU SEIST TOT. SO WÄHNTE ICH DICH IN SICHERHEIT VOR BEIDEN SEITEN.
DOCH DANN FAND DICH LUCREZIA. ICH MUSSTE HANDELN UND DAS NACHHOLEN, WAS ICH DAMALS NICHT GESCHAFFT HATTE.
ZUM GLÜCK BIN ICH ABERMALS GESCHEITERT! AUCH WENN DER PREIS DAFÜR HOCH IST.
ABER ...
UND WER HAT DANN AUF STELLA GESCHOSSEN?
WAR DAS TREFFEN MIT IHR DEINE IDEE?
NEIN, DAS WAR SHAREEF, ER MEINTE ...
SHAREEF WAR DER SCHÜTZE. ER FLOH, BEVOR WIR IHN FASSEN KONNTEN.
DAS GEHÖRTE ALLES ZU LUCREZIAS PLAN: DU SOLLTEST NUR IHR GEHÖREN, KEINE VERBINDUNG MEHR ZU DEINEM ALTEN LEBEN HABEN.
SIE HAT MIT DIR GESPIELT. WIR SIND ALLE NUR IHRE SCHACHFIGUREN ...
NEHMT EINS DER BOOTE. IN DER NÄCHSTEN BUCHT STEHT MEIN WAGEN. DAS NAVIGATIONSSYSTEM WIRD EUCH ZUM TREFFPUNKT BRINGEN.
TREFFPUNKT? WAS IST MIT DIR, KOMMST DU NICHT MIT?
ICH KOMME NACH.
ICH MUSS NOCHMAL ZURÜCK.

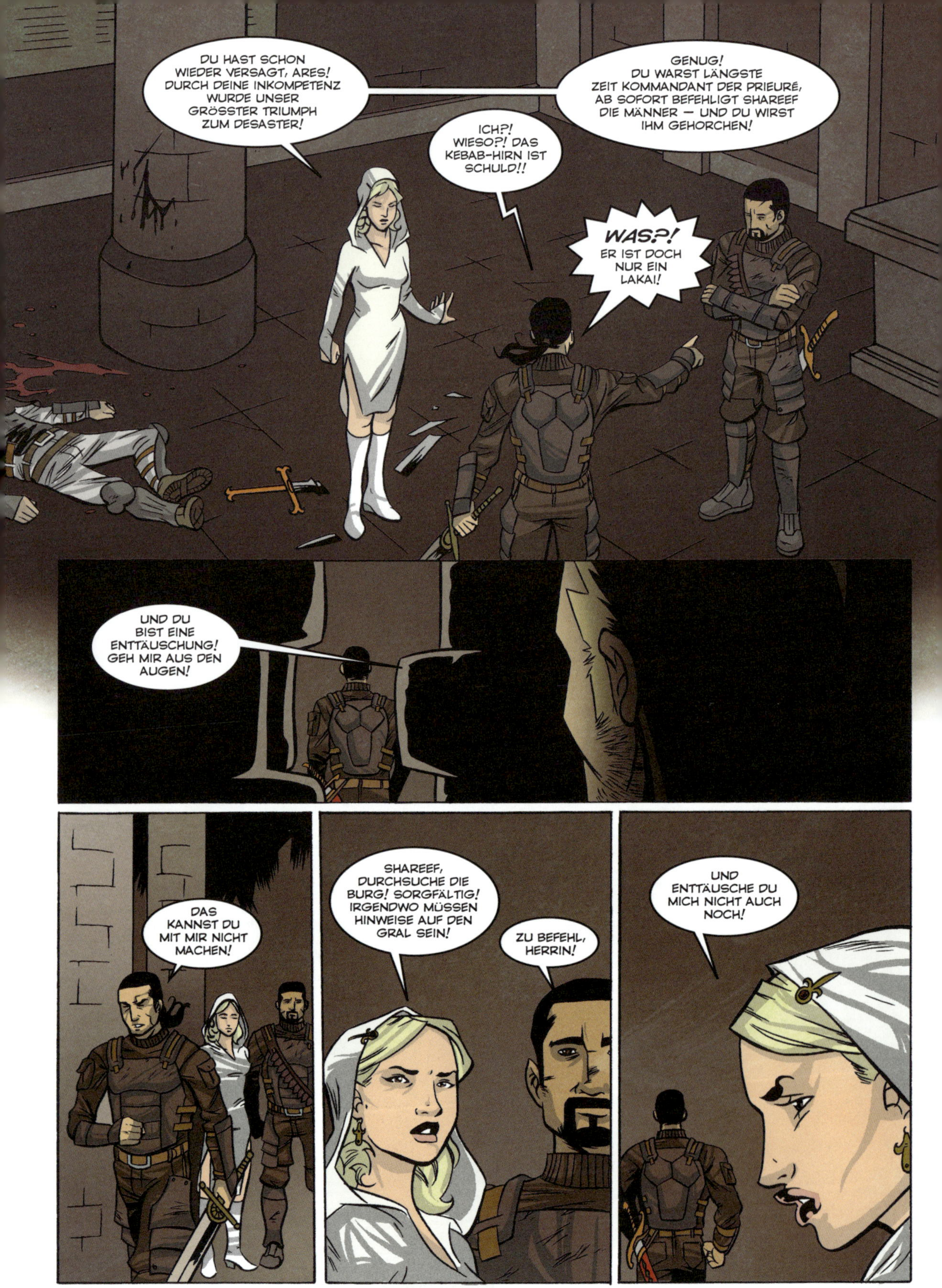
DU HAST SCHON WIEDER VERSAGT, ARES! DURCH DEINE INKOMPETENZ WURDE UNSER GRÖSSTER TRIUMPH ZUM DESASTER!
ICH?! WIESO?! DAS KEBAB-HIRN IST SCHULD!!
GENUG! DU WARST LÄNGSTE ZEIT KOMMANDANT DER PRIEURÉ, AB SOFORT BEFEHLIGT SHAREEF DIE MÄNNER – UND DU WIRST IHM GEHORCHEN!
WAS?! ER IST DOCH NUR EIN LAKAI!
UND DU BIST EINE ENTTÄUSCHUNG! GEH MIR AUS DEN AUGEN!
DAS KANNST DU MIT MIR NICHT MACHEN!
SHAREEF, DURCHSUCHE DIE BURG! SORGFÄLTIG! IRGENDWO MÜSSEN HINWEISE AUF DEN GRAL SEIN!
ZU BEFEHL, HERRIN!
UND ENTTÄUSCHE DU MICH NICHT AUCH NOCH!

ROBERT!
WAR ES DAS, WAS DU WOLLTEST? BIST DU NUN ZUFRIEDEN?
ZUFRIEDEN? ICH BIN EINE ANSPRUCHSVOLLE FRAU, ROBERT. ICH BIN ERST ZUFRIEDEN, WENN ICH HABE, WAS MIR ZUSTEHT!
NICHTS STEHT DIR ZU!
GAR NICHTS!
WER ENTSCHEIDET DAS, ROBERT?
DEIN EDLER ORDEN?
SIE SIND ALLE TOT. ES IST VORBEI!
SIE SIND TOT, WEIL SIE DARAN GEGLAUBT HABEN, DASS DER GRAL NICHT IN MENSCHENHAND GEHÖRT!
DAS MEER.
DIE SANFTE ABENDLUFT. IN DEN HÜGELN DER DUFT VON JASMIN.
KANNST DU DICH AN UNSEREN ERSTEN KUSS ERINNERN?
DU HAST GEWUSST, WER ICH BIN! ICH ABER HATTE KEINE AHNUNG, WER DU BIST!
HÄTTE DAS IRGENDETWAS GEÄNDERT? UNSER SOHN IST EIN KIND DER LIEBE!
KOMM ZU UNS, SEI TEIL UNSERER FAMILIE, FÜHRE MICH ZUM GRAL, ROBERT! MACH DIESE FAMILIE UNSTERBLICH!
KEIN MENSCH KANN EWIG LEBEN!
DU TUST MIR LEID, LUCREZIA.

DU WEISST, DASS DAVID SICH FÜR SEINE MUTTER ENTSCHEIDEN WIRD!
NICHT, WENN ER KEINE MUTTER MEHR HAT!
DAS IST DER UNTERSCHIED ZWISCHEN UNS BEIDEN ...
... DIE LIEBE! DICH MACHT SIE SCHWACH, MON CHER.
WACHEN! SHAREEF! ARES!
SOFORT HIERHER, VON METZ IST ...
SUCHT DIESEN VERDAMMTEN GEHEIMGANG, NEHMT DIE BURG STEIN FÜR STEIN AUSEINANDER!
SOFORT!!

SPÄTER:
SIE HABEN IHR ZIEL ERREICHT!
A SE 347
... UND IN EUCH FLIESST DAS „SANGREAL", DAS „HEILIGE BLUT" UND DESHALB SEID IHR UNSTERBLICH?
UNSTERBLICH NICHT, WIR ALTERN WOHL *SEHR* LANGSAM.
OKAY! ABER DANN SEID IHR UNVERLETZBAR, ODER WIE VERSTEHE ICH DAS?
NEIN, DIE MEISTEN VERLETZUNGEN HEILEN NUR GANZ SCHNELL WIEDER.
ABER EINE ENTHAUPTUNG IST AUCH FÜR UNS TÖDLICH.
WIE BEI „HIGHLANDER"? KOMM, DAS IST DOCH BLÖDSINN!
„HIGHLANDER"? — GUTE IDEE! WARTE, ICH WERD'S DIR BEWEISEN!
DU WIRST SEHEN!
DAVID, WAS HAST DU VOR?
TSUK
DAVID!
HAB KEINE ANGST, STELLA!
MEINE ELTERN SIND ANDERS.
UND ICH BIN WIE SIE!
DAS IST KRANK, DAVID! ICH WILL HIER WEG!

ES TUT MIR LEID, ICH WOLLTE DICH NICHT ERSCHRECKEN. ICH HABE SELBER ANGST.
ANGST VOR MIR SELBST. VOR DEM, WAS ICH BIN.
OH DAVID!
BITTE, LASS MICH NICHT ALLEIN!
IHR HABT HER GEFUNDEN, SEHR GUT!
VROOOM
HEY, JUNGS!
ERWARTET IHR NOCH BESUCH?
ARES!
VERDAMMT, WIE KONNTE ER UNS SO SCHNELL ...
WOHER HAST DU DAS!?
DEN ROSENKRANZ? LUCREZIA HAT IHN MIR VOR DEM ANGRIFF GEGEBEN!
ZIP
SCHNELL IN DEN WAGEN!
WEG HIER!
EEEEEEECK

* RUSS: „DERMO" [SCHEISSE]

Café de la Paix
HIER, DEINE NEUEN PAPIERE, DOMINIQUE CHIRLO. PASS, FÜHRERSCHEIN, KREDITKARTEN, ZEUGNISSE. ALLES DABEI.
DOMINIQUE-WAS? ICH HABE GERADE ERST HERAUSGEFUNDEN, WER ICH BIN. ICH WILL KEINE NEUE IDENTITÄT. UND SCHON GAR KEINE MIT SO EINEM BESCHEUERTEN NAMEN.
ES IST DOCH NUR AUF DEM PAPIER, DAVID. DU GEWÖHNST DICH DARAN.
ICH WILL MICH NICHT DARAN GEWÖHNEN! ICH WILL NIEMAND ANDERS SEIN! UND ICH WILL MICH NICHT MEIN LEBEN LANG IN IRGENDEINER ECKE VERKRIECHEN MÜSSEN!
DU KANNST NICHT EINFACH SO WEITER MACHEN WIE BISHER: MICH VERSTECKEN UND DEN GRAL BESCHÜTZEN. DER ORDEN IST VERGANGENHEIT, UND ALLEINE KANNST DU UNMÖGLICH SCHAFFEN, WAS IHR ZUSAMMEN NICHT VOLLBRACHT HABT.
ES MUSS EINE ALTERNATIVE GEBEN …
MOMENT …
JA, WARTE …
NEIN, IHR …
DOCH!
WIR MÜSSEN DEN GRAL ZERSTÖREN!
DAS IST DER EINZIGE AUSWEG!

DAS KANN NICHT EUER ERNST SEIN! ICH HABE GESCHWOREN, DEN GRAL ZU SCHÜTZEN, ICH WERDE NICHT ZU EINEM KETZER WERDEN, DER DAS HEILIGTUM DER CHRISTLICHEN WELT SCHÄNDET!
DU HAST GESCHWOREN, DIE MENSCHHEIT DAVOR ZU SCHÜTZEN, DASS DIE MACHT DES GRALS MISSBRAUCHT WIRD! IN DIESEM FALL IST DIE EINZIGE MÖGLICHKEIT, DIES ZU VERHINDERN, SEINE ZERSTÖRUNG!
WO IST DER GRAL ÜBERHAUPT VERSTECKT?
KEINE AHNUNG. ES WAR AUCH DEN TEMPLERN NICHT ERLAUBT, DAS ZU WISSEN.
BOUTIQUE
ERINNERT IHR EUCH NOCH AN DEN GEHEIMGANG AUS DER BURG, AN DIE SARKOPHARGE DORT? IN EINEM LIEGT RENÉ VON ANJOU, DER ERSTE BESCHÜTZER DES GRALS. ER VERSTECKTE IHN DAMALS, HINTERLIESS ABER HINWEISE AUF DEN ORT IN DEN RELIQUIEN.
IN DEN RELIQUIEN? DANN BRAUCHEN WIR DAS GRABTUCH!
UND WIR MÜSSEN UNS BEEILEN, BEVOR MEINE MUTTER DIE HOFFNUNG IN MICH AUFGIBT UND DAS TUCH IN SICHERHEIT BRINGT.
NUN GUT.
OK
WIR BRAUCHEN NACHTSICHTGERÄTE, WERKZEUG ...
... ZWEI KAMPFANZÜGE ...
DREI KAMPFANZÜGE!
IHR GLAUBT DOCH NICHT, DASS IHR DAS OHNE MICH DURCHZIEHEN KÖNNT!

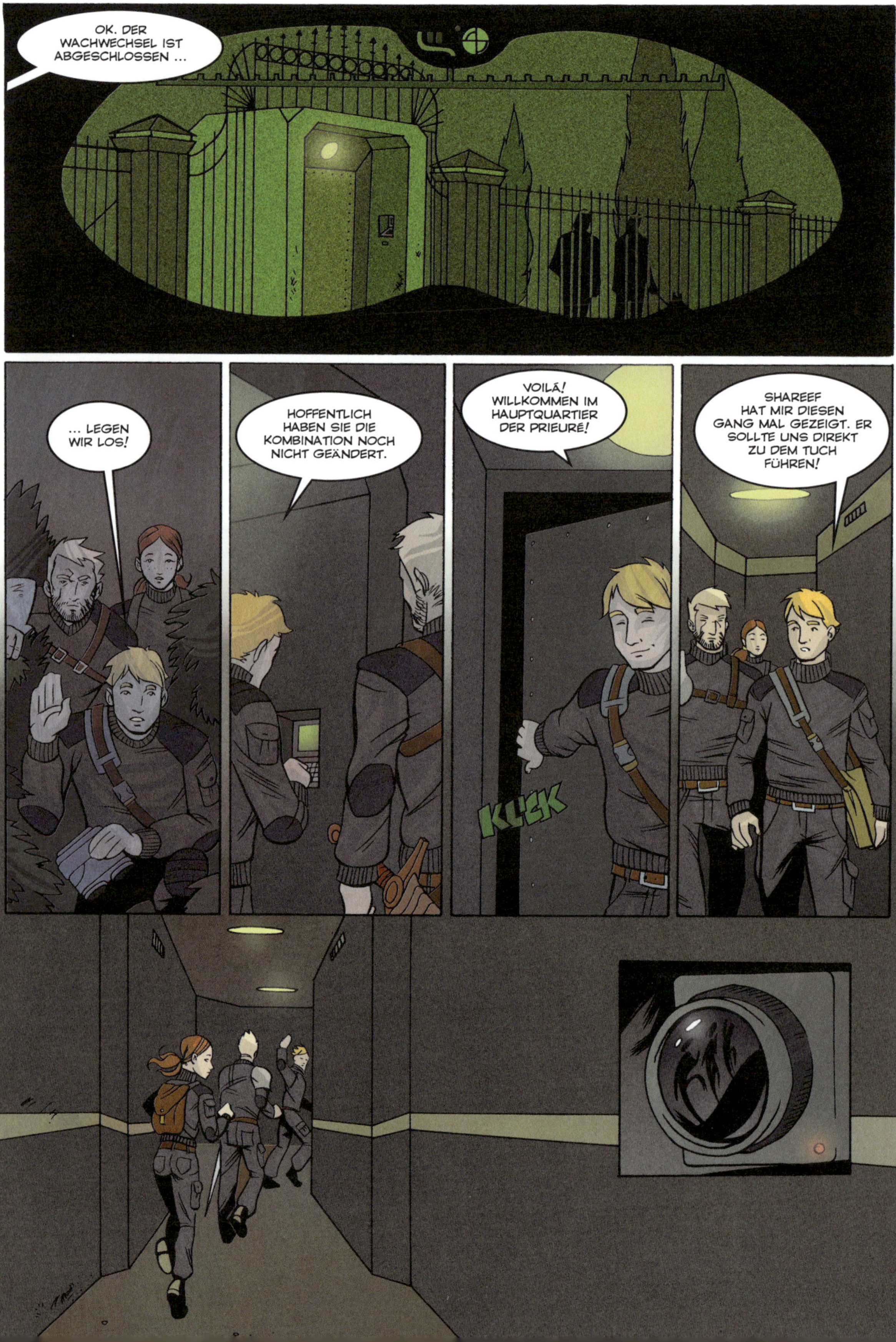
OK. DER WACHWECHSEL IST ABGESCHLOSSEN ...
... LEGEN WIR LOS!
HOFFENTLICH HABEN SIE DIE KOMBINATION NOCH NICHT GEÄNDERT.
VOILÀ! WILLKOMMEN IM HAUPTQUARTIER DER PRIEURÉ!
KLICK
SHAREEF HAT MIR DIESEN GANG MAL GEZEIGT. ER SOLLTE UNS DIREKT ZU DEM TUCH FÜHREN!

WENN WIR IM GEHEIMGANG DER TEMPLERBURG NICHT DAS GRAB VON ANJOU GEFUNDEN HÄTTEN, WÄRE DIE ATTACKE EIN KOMPLETTER REINFALL GEWESEN.
EIN REINFALL, DER DEINER INKOMPETENZ ZU VERDANKEN IST. UND JETZT SCHAFFST DU NICHT EINMAL EINE SO LEICHTE AUFGABE, WIE DAVID ZURÜCKZUBRINGEN?
DIESER AUFTRAG WAR UNTER MEINEM NIVEAU! NICHT JEDER MOLEKULARBIOLOGE KANN SPIEGELEIER BRATEN!
ICH BIN ZU HÖHEREM BESTIMMT! GIB MIR DAS KOMMANDO ZURÜCK UND ÜBERLASS DEN KLEINKRAM SHAREEF!
DU WILLST DEINEN POSTEN WIEDER HABEN? DANN BEWEISE MIR *EIN MAL*, DASS DU WIRKLICH AN MICH GLAUBST!
KNIE NIEDER UND ZEIGEN DEINEN RESPEKT!
DU BIST VERRÜCKT! ICH BIN EIN SAINTCLAIR! DU BIST MEINE SCHWESTER!
ICH WERDE MICH NICHT VOR DIR ERNIEDRIGEN!
DEIN PROBLEM IST, DASS DU AN NICHTS GLAUBST, ARES. NICHT AN DAS HEILIGE BLUT, NICHT AN DEN GRAL UND NICHT EINMAL AN DEINE EIGENE SCHWESTER!
HERRIN!
WIR HABEN UNGEBETENE GÄSTE! DER TEMPLERMEISTER IST IN UNSERE ANLAGE EINGEDRUNGEN – ZUSAMMEN MIT DAVID UND DEM MÄDCHEN. SIE SIND IN DEN GÄNGEN ZUM GRABTUCH!
DAS IST NICHT MÖGLICH! DAS WÜRDE ER NICHT TUN!
NUN, WIE ES AUSSIEHT, GLAUBT NICHT EINMAL DAVID MEHR AN DICH, SCHWESTER!

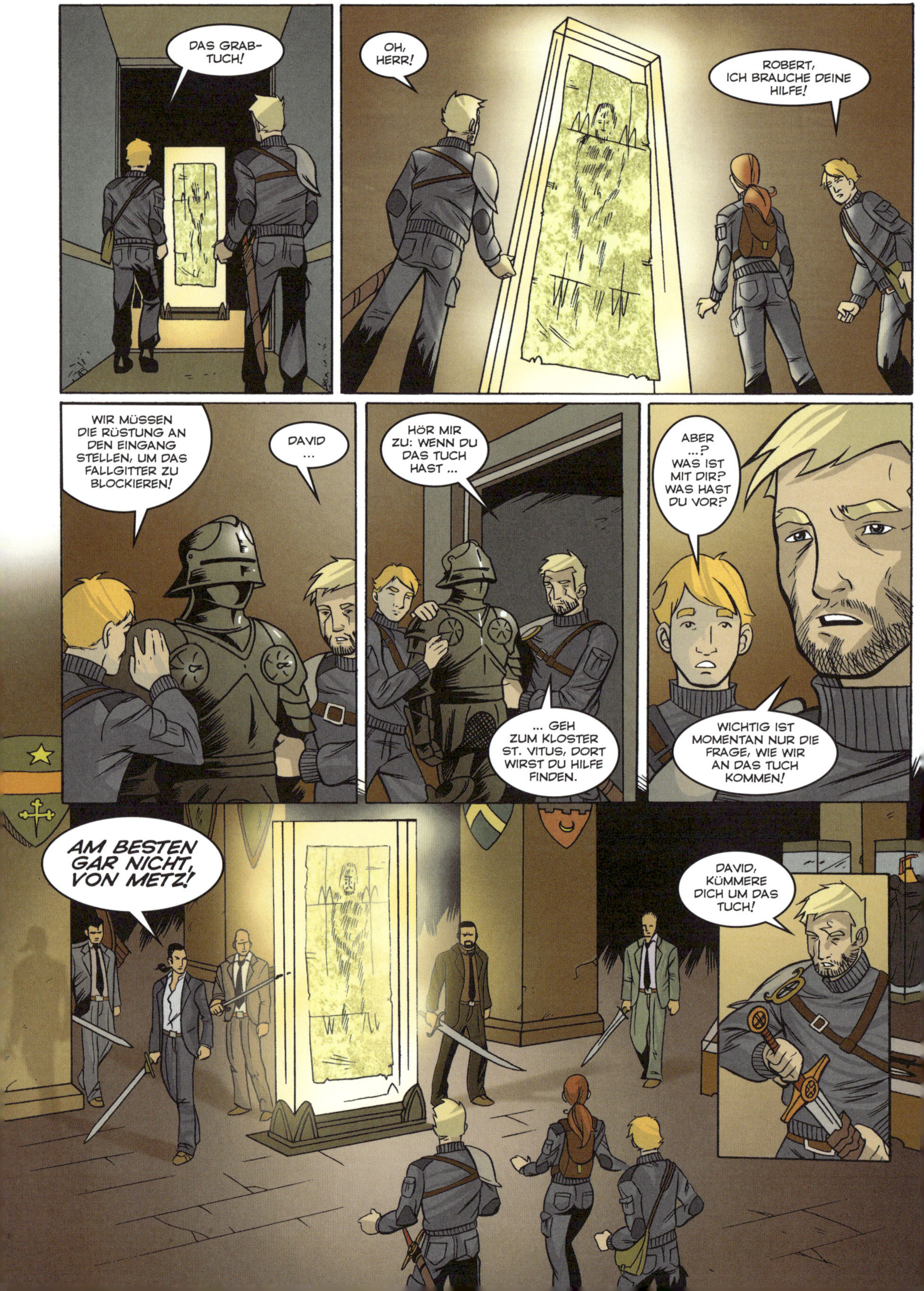
DAS GRAB-
TUCH!
OH,
HERR!
ROBERT,
ICH BRAUCHE DEINE
HILFE!
WIR MÜSSEN
DIE RÜSTUNG AN
DEN EINGANG
STELLEN, UM DAS
FALLGITTER ZU
BLOCKIEREN!
DAVID
...
HÖR MIR
ZU: WENN DU
DAS TUCH
HAST ...
... GEH
ZUM KLOSTER
ST. VITUS, DORT
WIRST DU HILFE
FINDEN.
ABER
...?
WAS IST
MIT DIR?
WAS HAST
DU VOR?
WICHTIG IST
MOMENTAN NUR DIE
FRAGE, WIE WIR
AN DAS TUCH
KOMMEN!
AM BESTEN
GAR NICHT,
VON METZ!
DAVID,
KÜMMERE
DICH UM DAS
TUCH!

ICH ÜBERNEHME DAS HIER!
HÄNDE WEG, ELENDE METZE!
STELLA!
STELLA!!

SHAREEF, DU RATTE!
DU RÜHRST SIE NIE WIEDER AN! NIE WIEDER!!
Tonk!
Tonk! Tonk! Tonk!
IST DIR DAS JETZT HART GENUG? JA?
RUMMS
STELLA, ALLES OK.?
ES GEHT SCHON!
DAVID! WARTE!
TSCHONK!!
CRASH
HALT!

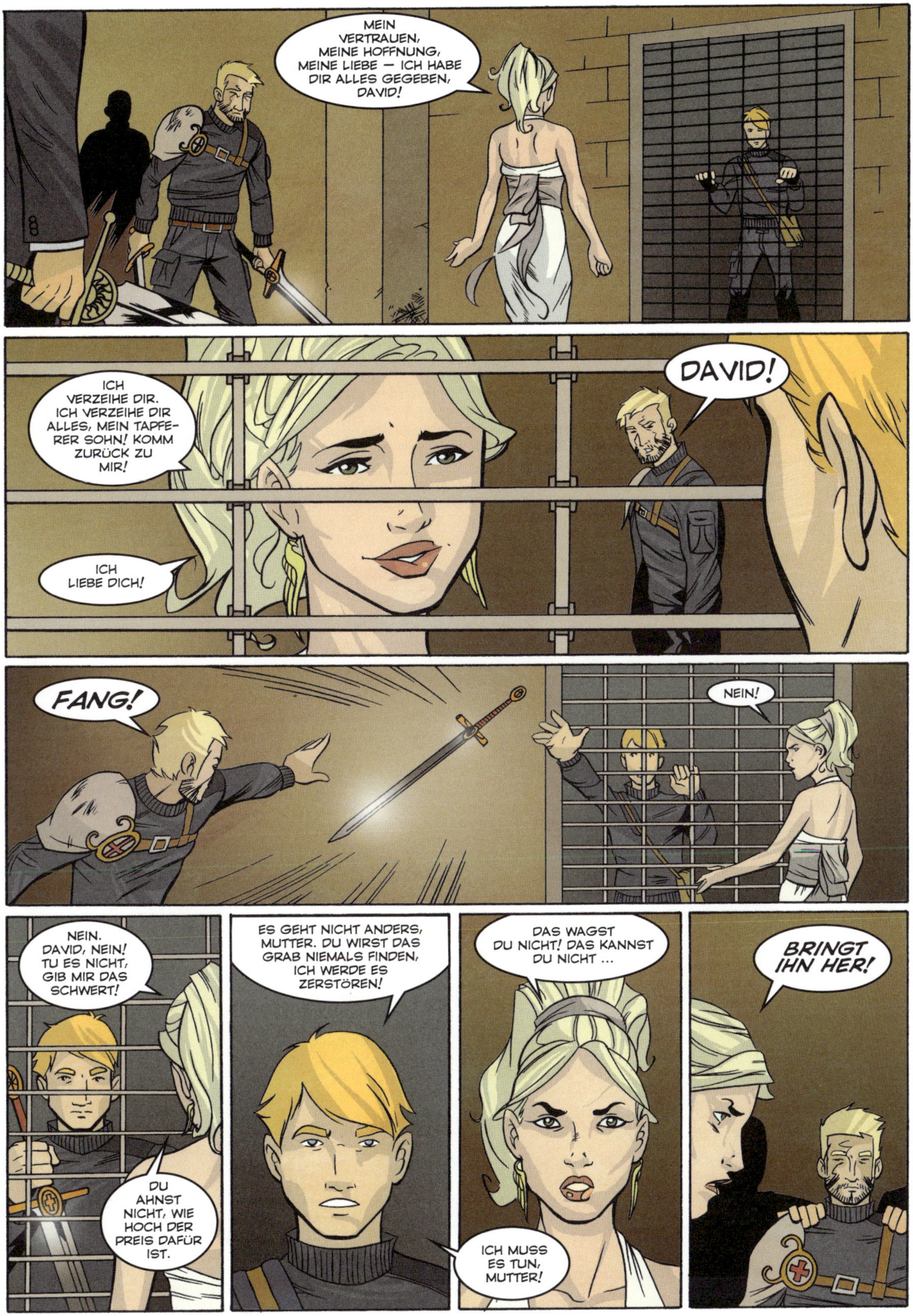
MEIN VERTRAUEN, MEINE HOFFNUNG, MEINE LIEBE – ICH HABE DIR ALLES GEGEBEN, DAVID!
ICH VERZEIHE DIR. ICH VERZEIHE DIR ALLES, MEIN TAPFERER SOHN! KOMM ZURÜCK ZU MIR!
DAVID!
ICH LIEBE DICH!
FANG!
NEIN!
NEIN. DAVID, NEIN! TU ES NICHT, GIB MIR DAS SCHWERT!
DU AHNST NICHT, WIE HOCH DER PREIS DAFÜR IST.
ES GEHT NICHT ANDERS, MUTTER. DU WIRST DAS GRAB NIEMALS FINDEN, ICH WERDE ES ZERSTÖREN!
DAS WAGST DU NICHT! DAS KANNST DU NICHT ...
ICH MUSS ES TUN, MUTTER!
BRINGT IHN HER!

GIB MIR DAS SCHWERT UND DAS TUCH! SOFORT!
GEH, DAVID! BITTE!
LUCREZIA, DAS KANNST DU NICHT TUN!
DAS SCHWERT UND DAS TUCH!
DEIN WEG IST DER RICHTIGE, DAVID. MEIN SOHN.
VATER!
TSCHLUNK
NEIIIIIN
SANGREAL, MA CHÉRE.
VATER!!
KOMM!

KANNST DU MIR AUCH ETWAS ZEIGEN, WAS ICH NICHT BEREITS KENNE, ARES?
ABER SICHER, EURE DURCHLAUCHT! HIER HABEN WIR DEN WAGEN, DEN DEIN SOHN UND DIE KLEINE MATRUSCHKA ZUR FLUCHT BENUTZT HABEN.
DIE KLEINE FÄHRT WIE EIN HENKER. ICH HABE DEN POLIZEICOMPUTER ANGEZAPFT – SIE IST IN DEN LETZTEN ZWEI STUNDEN DREIMAL GEBLITZT WORDEN.
UND?
ICH WEISS, WO SIE HIN-WOLLEN!
DIE STRECKE FÜHRT SIE ZUM KLOSTER ST. VITUS.
DAS IST EINE DER ADRESSEN UNTER DENEN DIE TARNFIRMEN DER TEMPLER AGIERTEN!
FAHR IHNEN NACH UND BRING MIR DIE RELIQUIEN! UND DANN TÖTE SIE! ALLE! AUCH DAVID!
UND ARES ...
DAS IST DEINE LETZTE CHANCE. DEINE ALLERLETZTE!
VIELEN DANK, SCHWESTER-HERZ!

OH GOTT ... ER IST TOT! UND WENN ER NICHT ... DANN HÄTTE SIE ...! WO BIN ICH HINEIN GERATEN?
ER HAT VERSUCHT, DICH ZU SCHÜTZEN. SEIN LEBEN LANG! ER HAT DICH WIRKLICH GELIEBT, DAVID!
JA, DAS HAT ER. UND ER HAT SICH GEOPFERT. FÜR MICH!
ICH TRAGE JETZT GROSSE VERANTWORTUNG!
ICH MUSS DIE SACHE ZU ENDE BRINGEN!
JA, DAS SCHULDEN WIR IHM BEIDE!
UND WIE GEHT ES JETZT WEITER?
WIR WERDEN ES SEHEN.
TOK
GUTEN TAG!
ROBERT VON METZ SCHICKT MICH, ER ...

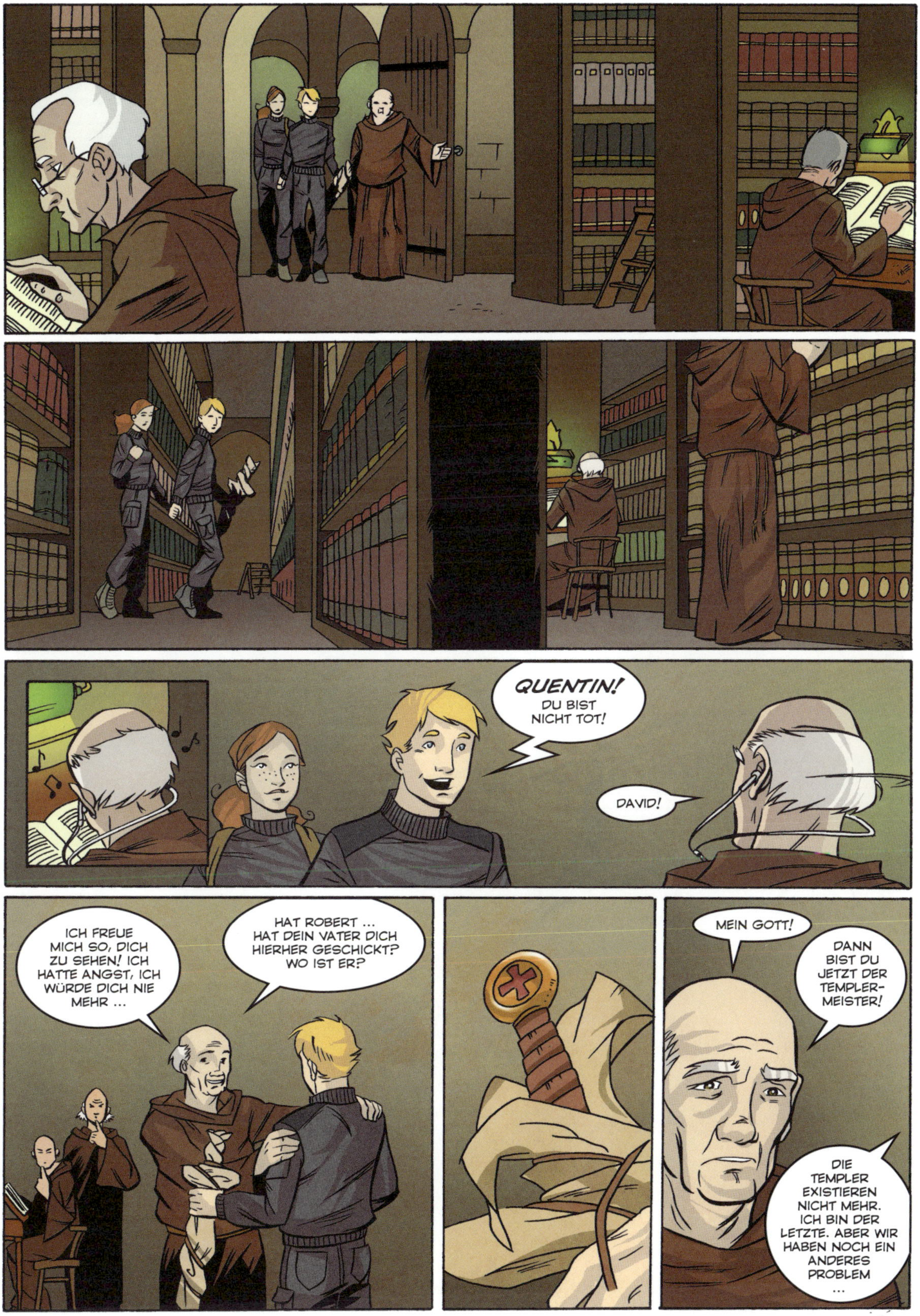
QUENTIN! DU BIST NICHT TOT!
DAVID!
ICH FREUE MICH SO, DICH ZU SEHEN! ICH HATTE ANGST, ICH WÜRDE DICH NIE MEHR ...
HAT ROBERT ... HAT DEIN VATER DICH HIERHER GESCHICKT? WO IST ER?
MEIN GOTT!
DANN BIST DU JETZT DER TEMPLER-MEISTER!
DIE TEMPLER EXISTIEREN NICHT MEHR. ICH BIN DER LETZTE. ABER WIR HABEN NOCH EIN ANDERES PROBLEM ...

SPÄTER:
ICH KANN MICH MIT DEM GEDANKEN NICHT ANFREUNDEN, DEN GRAL ZU ZERSTÖREN!
ES IST UNSERE EINZIGE CHANCE!
HABT IHR DIE SCHRIFTZEICHEN GESEHEN?
WAS DIESE KREUZE UND STRICHE BEDEUTEN, WEISS ICH NICHT! UND DIE SCHRIFT IST WEDER HEBRÄISCH NOCH LATEIN!
ARAMÄISCH IST ES AUCH NICHT. VIELLEICHT EIN CODE?
UM DAS ZU ENTSCHLÜSSELN, BRÄUCHTEN WIR DIE ZWEITE RELIQIUE.
DIE LANZE, DIE JESUS GETÖTET HAT.
DEIN VATER MÜSSTE SIE DIR GEGEBEN HABEN!
NEIN. NEIN, HAT ER NICHT.
ALSO, ICH FINDE HIER ABSOLUT NICHTS!
DANN STECKEN WIR IN EINER SACKGASSE!
MACHT IHREN WAGEN FAHRUNTÜCHTIG. UND DANN MISCHEN WIR DIE KUTTEN MAL AUF!
A:RES 2

N' ABEND!
WIR MACHEN HEUTE EIN KLEINES QUIZ UND DIE FRAGE LAUTET: „WO SIND DIE LEUTE, DIE MIT DEM WAGEN GEKOMMEN SIND, DER VOR EURER TÜR STEHT?"
A-Ai
ARES!
KOMMT SCHON! DIE ANTWORT! DER GEWINNER BLEIBT VIELLEICHT SOGAR AM LEBEN ...
WAS ?!
DU HAST ES SO GEWOLLT!
TSCHONK
POW

SCHNELL! DER HINTER-AUSGANG!
DA HINTEN, DA SIND SIE!
AUS DEM WEG, KAKERLAKEN!
IHR ENTKOMMT MIR NICHT!
EUCH MACHE ICH PLATT!

WAS GIBTS, SHAREEF?
ARES! WIR HABEN EINE SPUR ... DER RING DES ANJOU ... DU DARFST AUF KEINEN FALL ...
BAH! BÖREKFRESSE, DU STÖRST!
VERBINDUNG UNTERBROCHEN!
Shareef
0:05
MENÜ
NEIN, ARES, HÖR ZU! DU DARFST DAVID AUF *KEINEN FALL* TÖTEN!
SCHNELL, AUF DEN HÜGEL!
NUN LOS, ARES! ZEIT FÜR DIE LETZTE LEKTION!
DICH ZERQUETSCHE ICH WIE EINE FLIEGE, BASTARD!

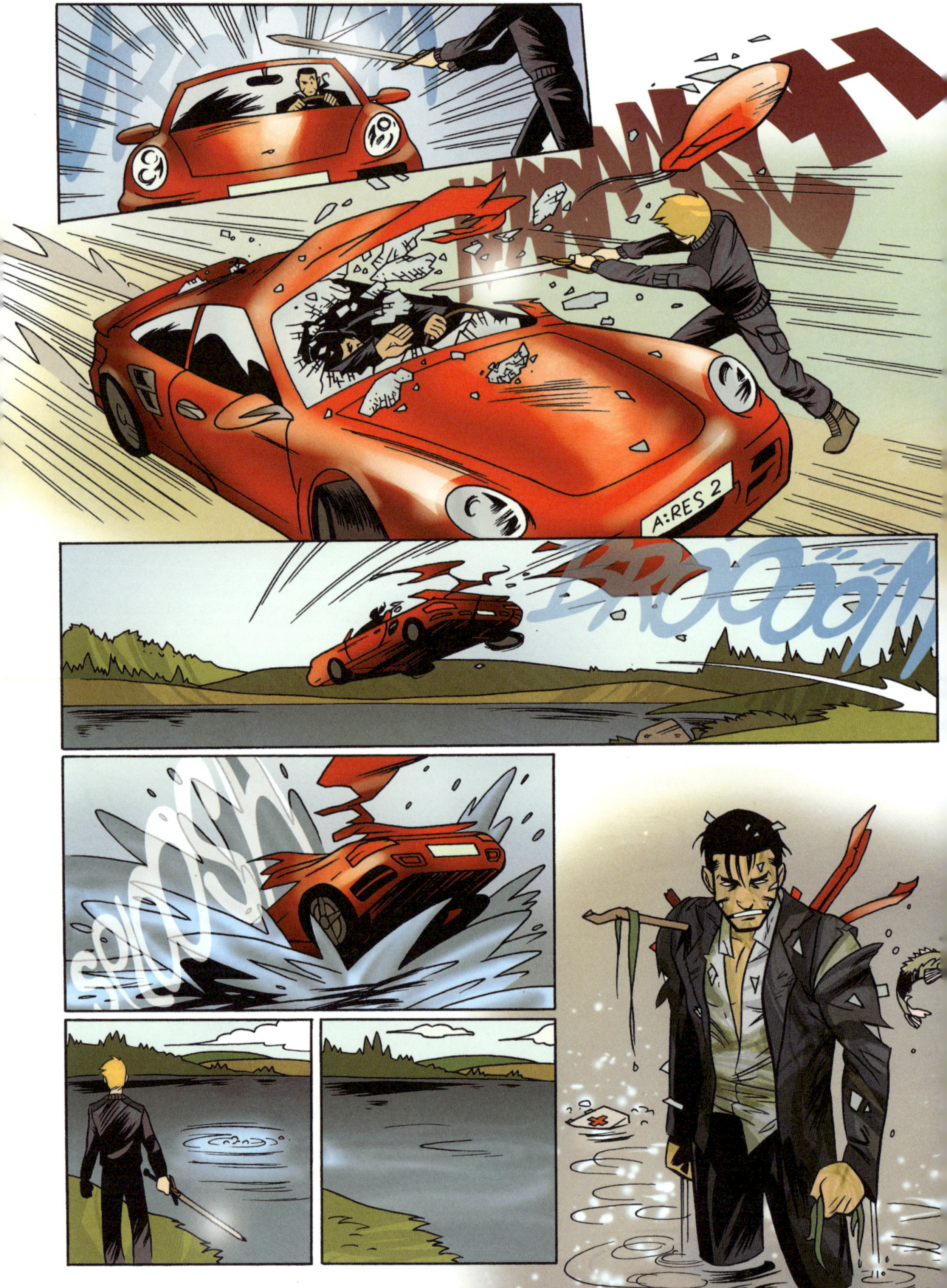
A:RES 2

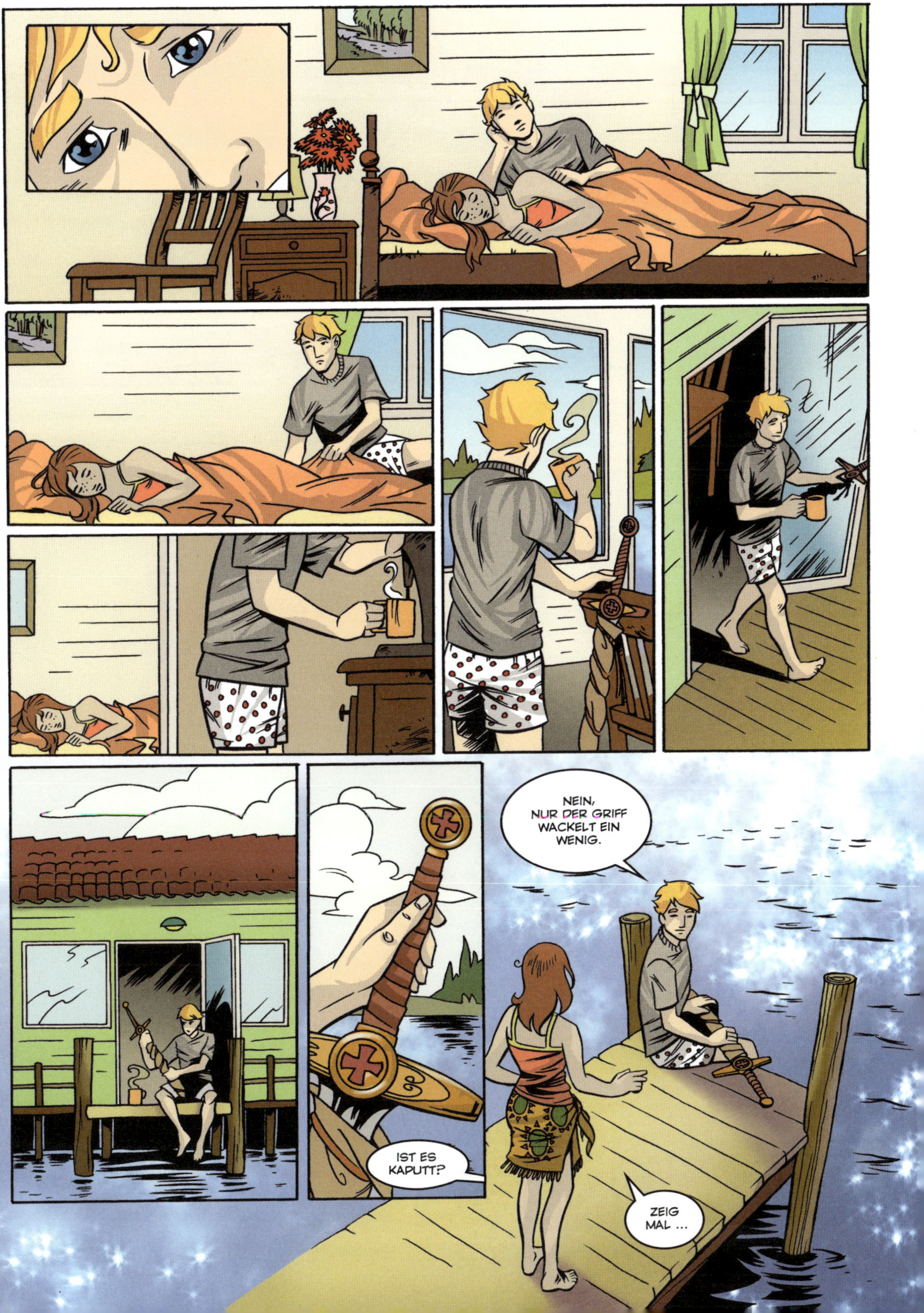
IST ES KAPUTT?
NEIN, NUR DER GRIFF WACKELT EIN WENIG.
ZEIG MAL ...

SCHAU MAL, DAS KREUZSYMBOL IST BEWEGLICH.
LASS' MAL SEHEN! HALTS FEST!
KLICK
GUTEN MORGEN, KINDER!
GUT, DASS ICH NOCH DEN SCHLÜSSEL ZUM GÄSTEHAUS HATTE, WIE SIEHT ES AUS MIT ...
WAS HABT IHR DA?
MEIN GOTT, DIE ZWEITE RELIQUIE! DIE LANZE DES LONGINUS! SIE HAT DAS BLUT UNSERES HERRN VERGOSSEN!
DIE LANZE IST HEILIG!
ICH WÜRDE EHER SAGEN, SIE IST LOGISCH!
WARTET EINEN MOMENT!

DIE LANZE HAT ZEHN SAUBER GESTANZTE LÖCHER – SIE IST DER DECODER!
ES GIBT NUR EINE POSITION, IN DER IN ALLEN ZEHN ÖFFNUNGEN JE EIN BUCHSTABE IST!
S-A-X-U-M-P-E-T-R-I.
SAXUM PETRI! JA, DAS ERGIBT EINEN SINN!
„... AUF DIESEN FELSEN WILL ICH BAUEN MEINE GEMEINDE UND DIE PFORTEN DER HÖLLE SOLLEN SIE NICHT ÜBERWÄLTIGEN."
FELS PETRI. DER VATIKAN!
HIER IST NOCH MEHR! WENN MAN DIE LANZE ÜBER DIE SYMBOLE HIER LEGT, ERGIBT DAS EINEN PLAN.
DAS IST EINE WEGBE-SCHREIBUNG!
AUF NACH ROM!

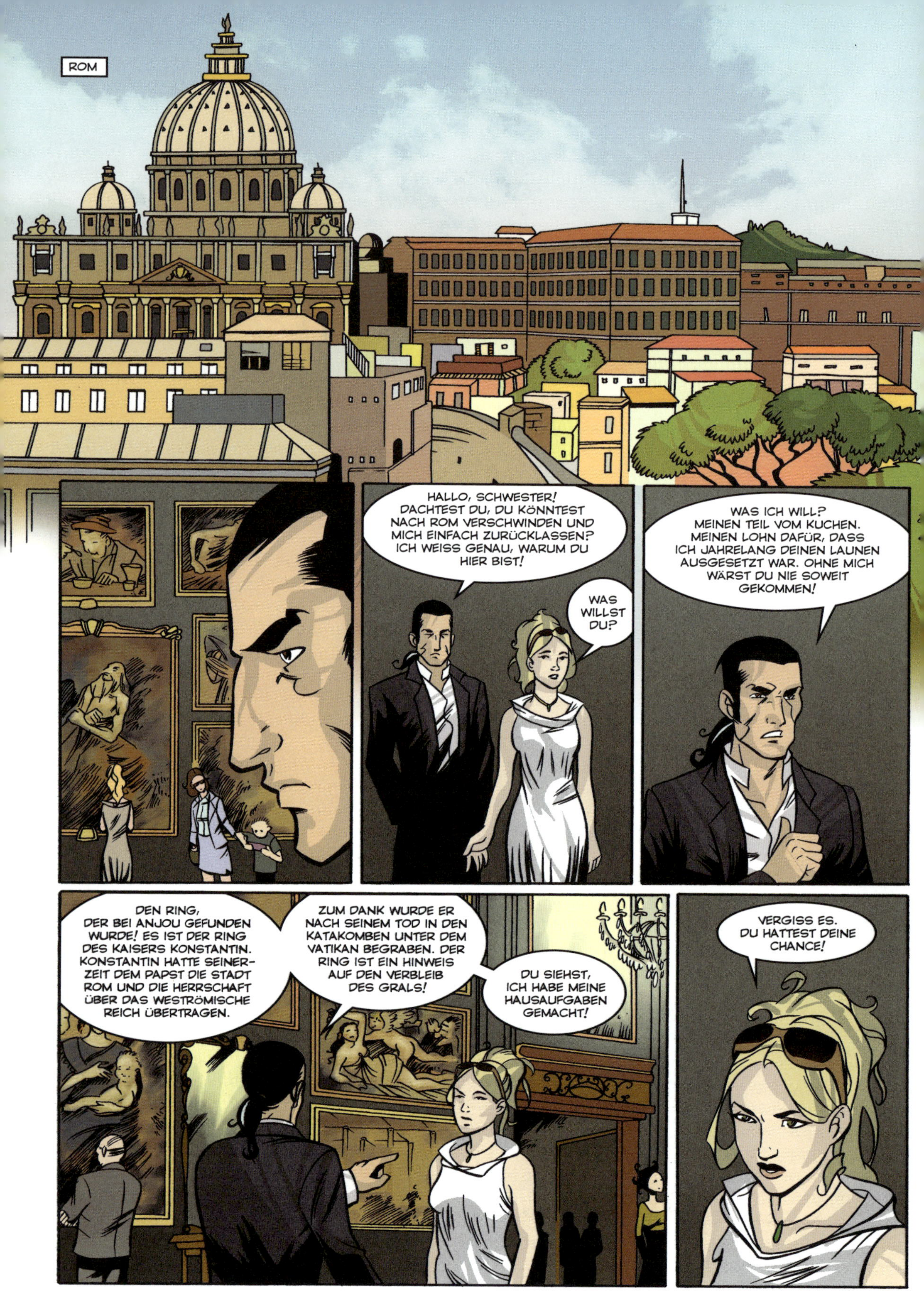
ROM
HALLO, SCHWESTER! DACHTEST DU, DU KÖNNTEST NACH ROM VERSCHWINDEN UND MICH EINFACH ZURÜCKLASSEN? ICH WEISS GENAU, WARUM DU HIER BIST!
WAS WILLST DU?
WAS ICH WILL? MEINEN TEIL VOM KUCHEN. MEINEN LOHN DAFÜR, DASS ICH JAHRELANG DEINEN LAUNEN AUSGESETZT WAR. OHNE MICH WÄRST DU NIE SOWEIT GEKOMMEN!
DEN RING, DER BEI ANJOU GEFUNDEN WURDE! ES IST DER RING DES KAISERS KONSTANTIN. KONSTANTIN HATTE SEINER-ZEIT DEM PAPST DIE STADT ROM UND DIE HERRSCHAFT ÜBER DAS WESTRÖMISCHE REICH ÜBERTRAGEN.
ZUM DANK WURDE ER NACH SEINEM TOD IN DEN KATAKOMBEN UNTER DEM VATIKAN BEGRABEN. DER RING IST EIN HINWEIS AUF DEN VERBLEIB DES GRALS!
DU SIEHST, ICH HABE MEINE HAUSAUFGABEN GEMACHT!
VERGISS ES. DU HATTEST DEINE CHANCE!

DAS KANNST DU NICHT TUN!
ICH KANN. ICH HABE. DU TUST MIR NUR NOCH LEID!
ABER ...
AH ... ICH VERSTEHE!
NICHTS VERSTEHST DU! NICHTS! ABER SELBST DAS IST MIR INZWISCHEN EGAL!
JA?
GUT.
ALLE EINGÄNGE ZU DEN KATAKOMBEN WERDEN VON UNS ÜBER-WACHT. WENN DAVID AUFTAUCHT, WISSEN WIR BESCHEID.
DANKE SHAREEF! DANKE, DASS DU IMMER AN MICH GEGLAUBT HAST!

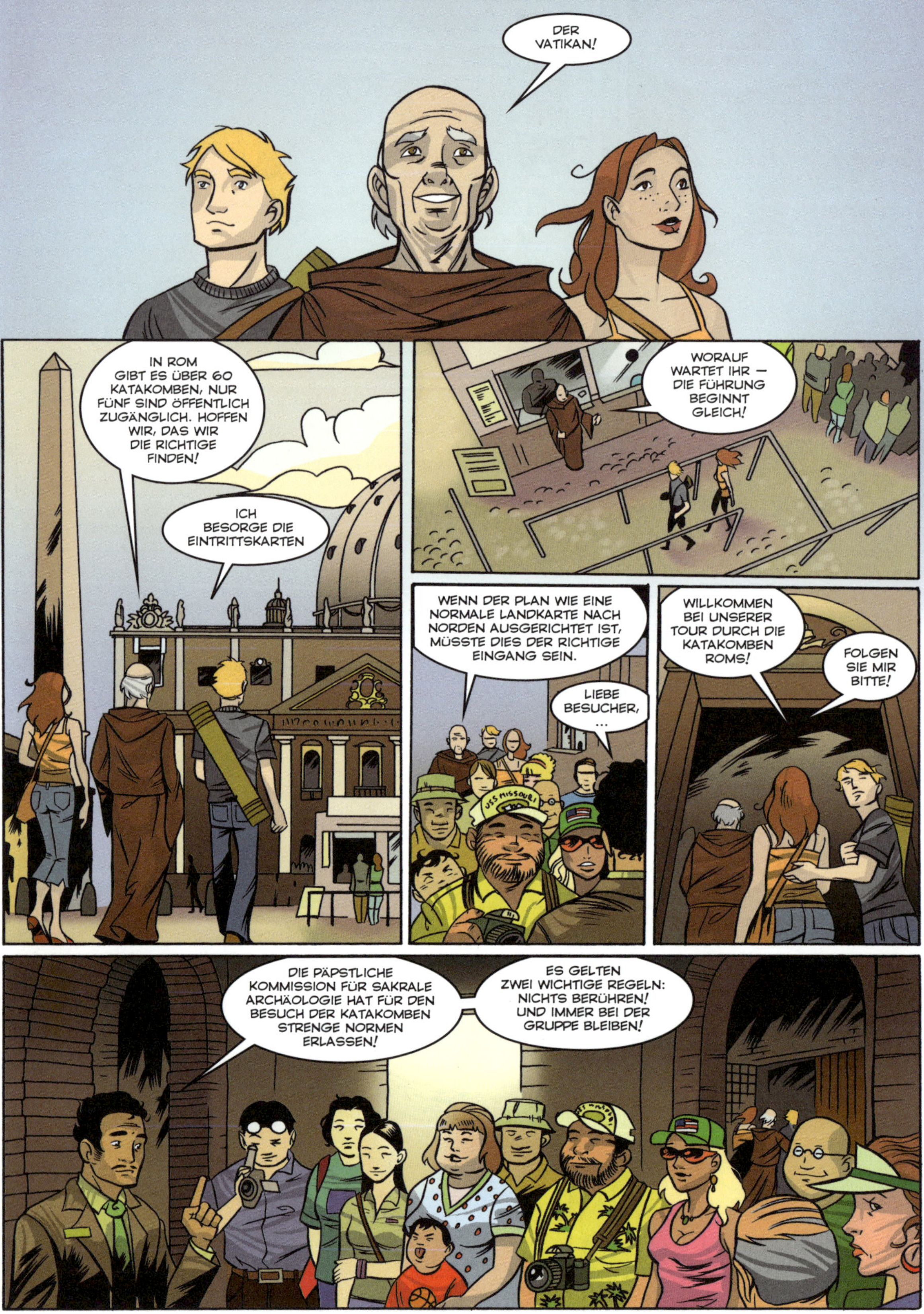
DER VATIKAN!
IN ROM GIBT ES ÜBER 60 KATAKOMBEN, NUR FÜNF SIND ÖFFENTLICH ZUGÄNGLICH. HOFFEN WIR, DAS WIR DIE RICHTIGE FINDEN!
ICH BESORGE DIE EINTRITTSKARTEN
WORAUF WARTET IHR – DIE FÜHRUNG BEGINNT GLEICH!
WENN DER PLAN WIE EINE NORMALE LANDKARTE NACH NORDEN AUSGERICHTET IST, MÜSSTE DIES DER RICHTIGE EINGANG SEIN.
LIEBE BESUCHER, ...
USS MISSOURI
WILLKOMMEN BEI UNSERER TOUR DURCH DIE KATAKOMBEN ROMS!
FOLGEN SIE MIR BITTE!
DIE PÄPSTLICHE KOMMISSION FÜR SAKRALE ARCHÄOLOGIE HAT FÜR DEN BESUCH DER KATAKOMBEN STRENGE NORMEN ERLASSEN!
ES GELTEN ZWEI WICHTIGE REGELN: NICHTS BERÜHREN! UND IMMER BEI DER GRUPPE BLEIBEN!

NACH DER KARTE MÜSSEN WIR HIER ENTLANG UND DANN WEITER NACH OSTEN.
HIER MÜSSTE ES SEIN!
EINE SACKGASSE!

ENDSTATION!
WAS?! DAS KANN NICHT SEIN! ZEIG MAL!
ES WAR DEFINITIV DER RICHTIGE WEG! — HIER MUSS IRGENDETWAS SEIN!
MOMENT MAL!
KLICK
KLACK
DAS MUSS ES SEIN — DAS GRABMAL DES KONSTANTIN!
AAAAAARRUUUUUUUUMMMMMMMAABBBBBLL
— UND DAS GRAB DES HERRN!
ICH BIN SO GLÜCKLICH, DICH ZU SEHEN, DAVID!

LASS STELLA DA RAUS!
WENN DU DAS SCHWERT ABLEGST!
TU ES! DU KENNST INZWISCHEN DEN PREIS FÜR UNGEHORSAM!
KLANNG
LASSEN SIE DOCH DEN JUNGEN IN RUHE! SIE HABEN ALLES, WAS SIE …
WER GIBT DIR DAS RECHT, MICH ANZUSPRECHEN, MÖNCH! WAGE ES NIE WIEDER!
KOMM, MEIN SOHN! BEGLEITE MICH IN DIE KRYPTA!
OH JA! DAS IST ES …

... DAS GRAB DES HERRN!
DER HEILIGE GRAL!

OH HERR! ENDLICH!
NEIN!
ÖFFNE ES!
DAVID, ES GEHÖRT JETZT UNS ...
DIR UND MIR!
ACH, WIE SCHÖN!
DIE GANZE, LIEBE FAMILIE VEREINT!
DU WOLLTEST IMMER, DASS ICH GLAUBE! NUN, ICH GLAUBE *JETZT* – DASS DER GRAL *MIR* GEHÖRT!
OH! UND DA WAR DOCH NOCH ETWAS!
ETWAS MIT „NIEDERKNIEN"! NUN, WIE WÄRS, WENN DU JETZT *VOR MIR* KNIEST, SCHLAMPE!
SPIT

DU HAST MICH ZUM LETZTEN MAL GEDEMÜTIGT.
NEIIIN!
CRASH
DU KLEINE MIST-MADE!
DANN SCHICKE ICH DICH EBEN ZUERST IN DIE HÖLLE!
DAVID!!
DAS SCHWERT!
DAS VERZÖGERT DAS GANZE DOCH NUR UNNÖTIG. WOZU DIE UM-STÄNDE?
NUN, ES GIBT ETWAS, DAS ICH DIR SCHON IMMER SAGEN WOLLTE, ARES!
ICH HABE MEINE TECHNIK VERFEINERT – DU NUR DEINE ARROGANZ!

WIE ES AUSSIEHT, HAST DU LÄNGST NICHT GENUG GELERNT!
ICH WERDE DEINEN SCHÄDEL ALS WACKELDACKEL IN MEINEN PORSCHE PACKEN!
KSCHANG
UND ICH DACHTE, DAS TEIL WÄRE NUR NOCH SCHROTT?
ABER VORHER NEHME ICH NOCH DEINE KLEINE DURCH!
NIEMALS!!
GIB AUF!
GIB AUF UND ICH WERDE DER KLEINEN EINEN SCHNELLEN TOD GÖNNEN!
DU MIESER …
NA GUT, DANN SPIELEN WIR EBEN NOCH EIN BISSCHEN WEITER!
ICH BIN SOWIESO DER BESTE MANN!

NEIN, DER BESTE MANN IST BEREITS TOT!
SCHRACK
UND DAS IST DAS *EINZIGE*, WAS DU MIT IHM GEMEIN HAST.
ICH WUSSTE, DASS DU IHN BESIEGEN WÜRDEST! DU BIST MEIN SOHN!
UND DESHALB BLEIBT MIR KEINE WAHL!
NEIN!!
DER GRAL!
WIE WUNDERSCHÖN!
LUCREZIA! MUTTER! TU ES NICHT!

OH DAVID!
HEY!?
IN DIR FLIESST DAS SANGREAL!
DU BIST DER SCHLÜSSEL!

LUCREZIA!
MACHT. ENERGIE. UNSTERBLICH-KEIT.
ICH SPÜRE ES, OH DAVID!

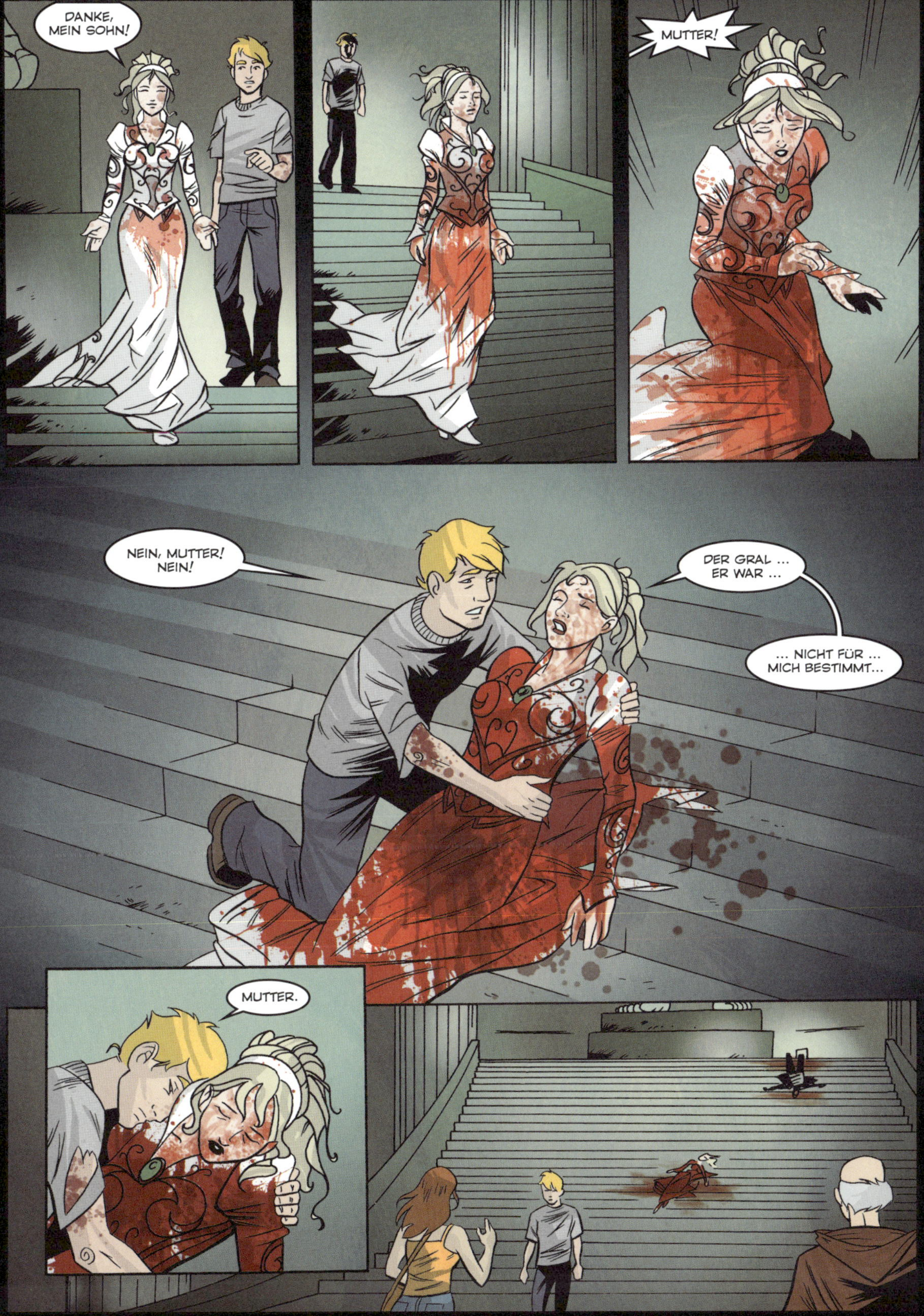
DANKE, MEIN SOHN!
MUTTER!
NEIN, MUTTER! NEIN!
DER GRAL ... ER WAR ...
... NICHT FÜR ... MICH BESTIMMT...
MUTTER.

RAAAAARRRUUUUUUUUMMMMMMMMMAABBA
CATACOMBA
ENDE
VOGT
Eckert

MAKING OF

Das Blut der TEMPLER

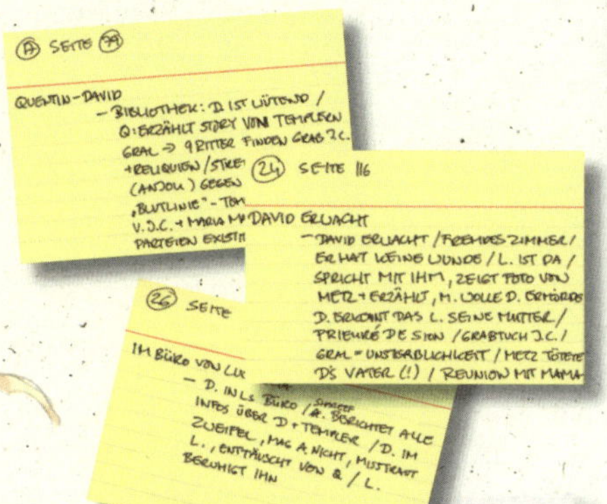

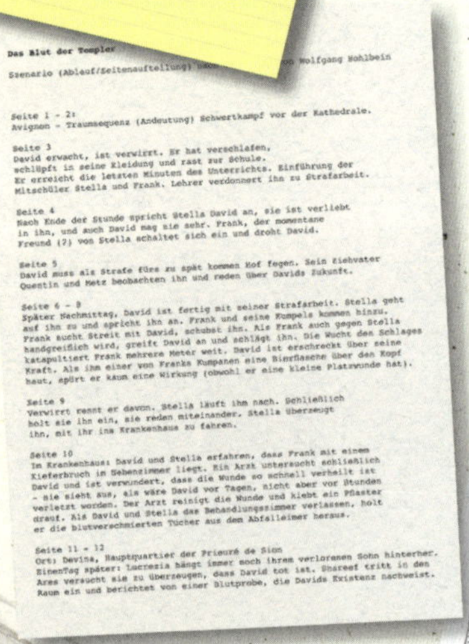
Das Blut der Templer

Szenario (Ablauf/Seitenaufteilung) [...] von Wolfgang Hohlbein

Seite 1 - 2:
Avignon - Traumsequenz (Andeutung) Schwertkampf vor der Kathedrale.

Seite 3
David erwacht, ist verwirrt. Er hat verschlafen,
schlüpft in seine Kleidung und rast zur Schule.
Er erreicht die letzten Minuten des Unterrichts. Einführung der
Mitschüler Stella und Frank. Lehrer verdonnert ihn zu Strafarbeit.

Seite 4
Nach Ende der Stunde spricht Stella David an, sie ist verliebt
in ihn, und auch David mag sie sehr. Frank, der momentane
Freund (?) von Stella schaltet sich ein und droht David.

Seite 5
David muss als Strafe fürs zu spät kommen Hof fegen. Sein Ziehvater
Quentin und Metz beobachten ihn und reden über Davids Zukunft.

Seite 6 - 8
Später Nachmittag, David ist fertig mit seiner Strafarbeit. Stella geht
auf ihn zu und spricht ihn an. Frank und seine Kumpels kommen hinzu.
Frank sucht Streit mit David, schubst ihn. Als Frank auch gegen Stella
handgreiflich wird, greift David an und schlägt ihn. Die Wucht des Schlages
katapultiert Frank mehrere Meter weit. David ist erschreckt über seine
Kraft. Als ihm einer von Franks Kumpanen eine Bierflasche über den Kopf
haut, spürt er kaum eine Wirkung (obwohl er eine kleine Platzwunde hat).

Seite 9
Verwirrt rennt er davon. Stella läuft ihm nach. Schließlich
holt sie ihn ein, sie reden miteinander. Stella überzeugt
ihn, mit ihr ins Krankenhaus zu fahren.

Seite 10
Im Krankenhaus: David und Stella erfahren, dass Frank mit einem
Kieferbruch im Nebenzimmer liegt. Ein Arzt untersucht schließlich
David und ist verwundert, dass die Wunde so schnell verheilt ist
- sie sieht aus, als wäre David vor Tagen, nicht aber vor Stunden
verletzt worden. Der Arzt reinigt die Wunde und klebt ein Pflaster
drauf. Als David und Stella das Behandlungszimmer verlassen, holt
er die blutverschmierten Tücher aus dem Abfalleimer heraus.

Seite 11 - 12
Ort: Devina, Hauptquartier der Prieuré de Sion
EinenTag später: Lucrezia hängt immer noch ihrem verlorenen Sohn hinterher.
Ares versucht sie zu überzeugen, dass David tot ist. Shareef tritt in den
Raum ein und berichtet von einer Blutprobe, die Davids Existenz nachweist.

Am Anfang steht wie immer das Wort, in diesem Fall die Romanvorlage von *Wolfgang Hohlbein*.
Szenarist Michael Vogt reduziert die Erzählung wird auf einzelne Szenen, die er auf kleine Karteikarten notiert. So erhält man schnell eine Übersicht über die Handlung, kann Szenen tauschen, weglassen oder neue schreiben wenn es für die Umsetzung wichtig ist.
Die fertigen Szenen in der endgültigen Reihenfolge werden in einem Ablauf-Plan zusammengefasst, auf dem dann das Comic-Skript basiert. Bei „Das Blut der Templer“ wurde dieses Skript vom Szenaristen gleich als eine Art „Storyboard“ mit kompletten Dialogen umgesetzt.

Nachdem Zeichner Simon Eckert die Figuren-Designs festgelegt hat (*siehe große Abbildungen auf dieser und der gegenüberliegenden Seite*) greift er auf die „Storyboards“ zurück und zeichnet seine Seiten im Format DinA3 mit einem Blaustift vor.
Erst nachdem er so Anatomie, Perspektive und Hintergründe festgelegt hat, fertigt er über dem Blaustrich die Bleistiftzeichnung an.

Abb.1

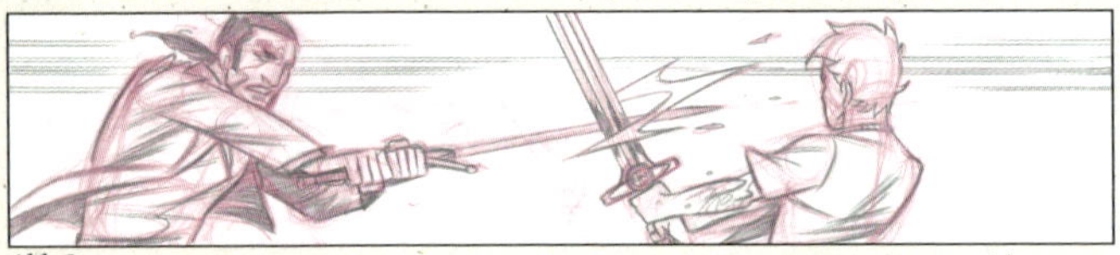

Abb.2

Abb.3

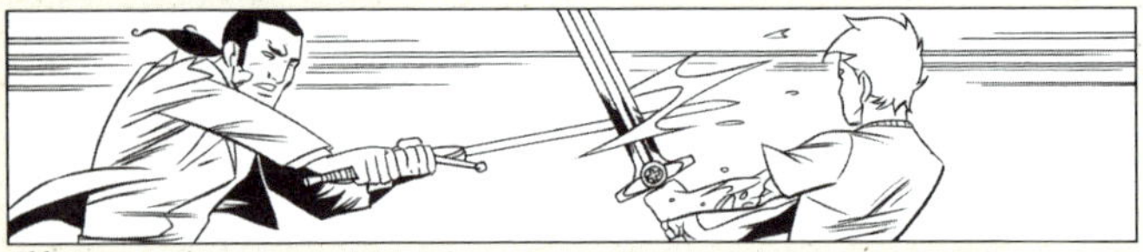

Abb.4

Abb.5

Abb.6

Alle Arbeitsschritte im Überblick:

Auf Basis des Skribbels *(Abb.1)* zeichnet Simon Eckert die Comicseite mit einem Blaustift (in diesem Fall ausnahmsweise in Magenta) und Bleistift *(Abb.2)*.

Die gescannte und gesäuberte Bleistiftzeichnung dient als Vorlage zum Tuschen *(Abb.3)*.

Die Tuscherin druckt die Seiten auf Karton (200g/m^2) aus. Der Bleistiftstrich wird dafür in ein helles Cyan eingefärbt, das beim späteren scannen leicht entfernt werden kann *(Abb.4)*.

Danach geht die gescannte Tuscheseite an den Koloristen, der mit einem PC, dem Programm Adobe Photoshop und einem Wacom-Grafik-Tablett die Seiten koloriert *(Abb.5)*.

Schließlich werden noch Soundeffekte in die farbigen Zeichnungen eingefügt. Es folgen Sprechblasen und das Lettering, die mit dem Programm Adobe InDesign eingesetzt werden *(Abb.6)*.

Danach werden alle Daten überprüft und auf DVD an den Verlag gesendet – im Fall von „Das Blut der Templer" betrug die Datenmenge gute 2,3 Gigabyte.

Weitere Infos zur Entstehung des Comics bei http://templercomic.blogspot.com/

Manche Wunden heilen, manche bluten ewig ...
Die Chronik der Unsterblichen
von Wolfgang Hohlbein
Die Kult-Saga als Roman und Comic
Der Comic:
Wolfgang Hohlbeins Die Chronik der Unsterblichen Am Abgrund
ISBN 978-3-7704-2880-9
Das Making of:
Das Making of
Die Chronik der Unsterblichen
ISBN 978-3-7704-2889-2
Die Romane:
1. Der Abgrund
2. Der Vampyr
3. Der Todesstoss
4. Der Untergang
5. Die Wiederkehr
6. Die Blutgräfin
7. Der Gejagte
8. Die Verfluchten
9. Das Dämonenschiff
Die Chronik der Unsterblichen
Das Dämonenschiff
Wolfgang Hohlbein
ISBN 978-3-8025-3539-0
www.vgs.de
EGMONT
Verlagsgesellschaften
ehapa Comic Collection
EGMONT